俺様社長のもふもふになりたい!

髙月まつり

illustration:
みずかねりょう

CONTENTS

俺様社長のもふもふになりたい！

村瀬雪人(二十八歳)は、今まで何人ものモフに告白しては断られてきた。


最後に告白したのは高校三年のとき。相手はライオンのモフだった。

大きな耳と、「本当は校則違反だが、モフの特性的に許可は得ている」鬣のような長い髪、立派な尻尾を持った彼は、学校カーストのトップに立つ人望厚い生徒会長で、実にスマートに「友人ではだめだろうか?」と断られた。

彼の困った顔を見ていたら急に恥ずかしくなって、「ごめん、大丈夫だから」と意味不明な言葉を残して猛ダッシュで立ち去った。その場から逃げたと言う方が正しい。

そして卒業するまで彼の視界に入らないよう努力した。

友人たちは、「お前は望みが高すぎるんだよ。振られるのが趣味なのか? モフじゃなくて一般の男子か女子でよくない？　クラスの四分の三はモフだよ？」と呆れつつも慰めてくれた。

だが雪人は、どうしてもモフに恋をしてしまうのだ。

幼い頃に出会った初恋のモフと、人生最初に振られたベンガルトラのモフの印象が強すぎたせいだ。

近所の公園で仲良く遊んでいたオオカミモフの女の子。遊びの輪には入れずに一人でぽつんとしていたところ、雪人が声をかけて一緒に遊ぶようになった。

どこの小学校に通っているのか知らないし、名前も「みっちゃん」しか知らない。それでも、公園で待ち合わせて一緒に遊ぶのが楽しかった。

「みっちゃんは可愛くて天使みたいだね！」と言ったら「オオカミのモフだよ？」と首を傾げたのが、また可愛かった。自分の可愛らしさを分かっていないのだ。

「僕はモフじゃないけど、一緒に遊んでいいの？」と聞いたら「関係ないよ！　ゆきちゃんといると楽しいからいいの！」と言ってくれたのが嬉しかった。

雪人の住む地域では「一般」は少なくて、遊ぶときに「尻尾がない子はだめ！」と仲間外れにされることがあったのだ。

小学二年生の秋に「みっちゃん」が引っ越すときは、泣いて泣いて「また会うよ。絶対に会うから約束」と言ってくれたのに、意地を張って頷けなかったことを未だに後悔している。

そこでモフをいろいろとこじらせた雪人は、中学三年の高校受験が終わったあとに、クラスメートの男子に告白した。もちろん相手はモフだ。運動神経抜群のベンガルトラのモフ男子は「俺、モフとしか付き合わないから」と澄ました顔で言い、雪人の思いをざっくりと切り捨てた。

雪人は「自分」を見てもらえずに、人の種類で断られたことに酷く傷つき、しかしそれでもモフを好きになることがやめられなかった。

こじらせにこじらせた……とも言う。

世の中には、動物の耳や尻尾を持つ「モフ」と、何もない普通の人々がいる。

モフが生まれ始めたのは十三世紀頃といわれ、今よりもっとたくさんの種類があったらしいと歴史の教科書に書いてある。

かつては下半身が魚の「人魚」や背中に羽の生えた「天使」がいたそうだ。

現在のモフは蹄のないほ乳類だけなので、きっと淘汰されたのだろう。

かつてモフは「毛者（けもの）」と、あまりよろしくない名で呼ばれ、様々な差別や規制があったが、研究により毛者でない一般人も「動物因子」を持つということが公表されて以来、世界の情勢が変化した。

そして一般人はクローズファクター、毛者はオープンファクターという新たな学術名が付いた。

現在オープンファクターたちは日本のSNS発祥の「モフ」と呼ばれる。

それまで様々な名で呼ばれていたオープンファクターたちの呼び名「モフ」は、二〇〇〇年代に世界共通の言葉となった。ちなみに「モフ」はモフモフの「モフ」で海外では「MOFF」と書く。

一方のクローズファクターは、普通に「一般」と呼ばれた。

そして。

人の種類が増えたと同時に恋愛と婚姻はずいぶんと自由になった。

恋愛相手が同性だろうとモフだろうと一般だろうと、それを阻むことはなく、「モフ」が世界共通の言葉と決定された頃に、同性婚も認められた。

当然、頭では分かっていても……という人々（モフと一般）も存在するが、だからといって他人の権利を奪う行為はない。

寒風吹きすさぶ外とは違い、有線放送の「おもてなし音楽」が流れる店内は居心地のいい暖かさだ。

雪人はクラブ「ハイツリー本店」の厨房で、「白ワイシャツと紺のエプロン」という厨房の制服を着て手際よく料理の下ごしらえをしていた。

顧客は財界人がメインだが有名人著名人も多い。

飲食スペースはフロアよりも個室が多く、密談にはもってこいの場所で、ここを贔屓にしている顧客も多い。

従業員たちは全員キャストと呼ばれ、男女関係なく指名されれば客の横について飲食や歓談をした。風俗営業とはいえキャストには接触禁止なので比較的安心して勤められるし、聞き上手な者はチップをもらうこともある。

テーブルでの会話は一言も漏らさない。漏らしたらどうなるか、そこはしっかり教育されている。

雪人はここで五年、厨房の責任者として働いている。

ずっと飲食業の厨房でアルバイトをしていたので、厨房での作業はお手のものだ。

彼がこの職場に決定するまでは紆余曲折あった。

大学卒業がすぐそこなのに、「食品系の会社」に就職活動した結果全敗した彼の最後の砦が「ハイツリー本店」だったのだ。

募集内容は「接客と調理。資格なし」で、待遇は「昇給年一、賞与年二」「休みは土日祝祭日」「有給休暇、年末年始休暇、産休育休、介護休業、慶弔休暇あり」「調理師、その他資格取得の際に生じる費用は当社持ち」と書かれていて驚いた。昼夜が逆転しているだけで、自分が全敗した会社の待遇より余程いい。

待遇がよすぎて逆に警戒してしまうが、出資がテレビCMでよく知っている大手総合商社の「高本(たかもと)グループ」と書いてあったのでエントリーした。

そういえば、高本グループ傘下の、冷凍食品で有名なタカモトフーズにもエントリーしていて不採用になったことを思い出した。

「いや待て、高本系列……結構エントリーしてたぞ俺」

冷食の「タカモトフーズ」に、輸入食材を扱う「ハイブック」、インスタント食品の「高本製麺」、洋菓子の「たかもと」。他にもいろいろあったはずだ。「高本グループ」は「高本工務店」を筆頭とする建設業や、数々のアパレルも扱っているが、雪人はそっちに興味は持たなかった。

エントリーシートを確認しながら、「飲食系の仕事は問題ない。居酒屋でバイトしてたし。調理場だったけど」と心の中で呟く。途中で、「そういえばフロアの接客はモフで、一般は裏方だったな。見栄えを気にしたのか」と切ないことまで思い出した。

差別に当たるし、面接で明らかになるので、エントリーシートに「モフ」か「一般」を記入する欄はない。

「ハイツリー」はクラブなので同様のことが起きかねない。

「まあでも、希望は厨房中心だから別にいい。とにかく採用されてから考える」と思いつつ面接にこぎ着け、面接官の話を聞き、無事採用に至った。

住めば都とはよくいったもので、「ハイツリー本店」での仕事は雪人にしっくりきた。待遇に嘘偽りがなかったのもよかった。

研修期間はすべてのポジションを順番に回ったが、正社員となってからは厨房一筋。会社の金で調理師学校に通い、調理師免許を取ることもできた。一般だけでなくモフの先輩や同僚後輩もできた。

みな「昼夜は逆転するが好きな仕事だし」「愛想よくして黙ってご飯食べていればいい」「やはり福利厚生大事」「会社のお金で会計士の資格を取りました」「昼夜逆転の仕事が好き」と、理由はそれぞれだが、仕事にプライドを持って働いている。

ちなみに「ハイツリー」は都内に十店舗あって、「高本グループ」の創始者一族の一人である高本家の末息子が社長として指揮を執っているそうだ。

若き成功者のバイブルと呼ばれる「シャインスター・オンライン」でも特集されたらしいが、アーカイブは購読会員にならないと読めないと知った雪人は、自分には一生関わりのない人間だから「読む必要ないか」でスルーしていた。

さて、時間は午後三時。

店の仕事はこれで終わりで、あとは厨房スタッフに引き継ぐだけ。

丁寧に盛り付けたフルーツやサラダは、客のテーブルで一万三千円のフルーツ盛りや八千円のサラダとなり、大体は指名キャストたちの胃に入る。

ちなみにジュースは一杯三千円だ。

「雪人さんが店を続けてくれたらよかったのになー。雪人さんの、海の幸満載あんかけ焼きそばは伝説だったのに。なんで下ごしらえだけなんすか……」

「分かる。凄く分かる。他の料理は作って出しても文句言われないのに、それだけはお客から『美味しいけど……』って言われる。つらい」

「海鮮焼きそばだけじゃない。スイーツの定番ショートケーキも『美味しいけど……』と言われる。つらい」

いつも雪人のあとを引き継ぐ調理スタッフが、周りに人がいないのをいいことに「あれも違う」「これも違う」とあからさまに嘆く。

「世話する子供が小学生になったら、俺も調理場復帰だと思う。あと一年ぐらい？　みたいな？」

雪人の声にスタッフたちは「あー……」と落胆の声を上げた。

彼は三ヶ月前に、突如として職場が異動となったのだ。

「社長に逆らわなければ、どうにかなんだろ」

するとスタッフはまたしても「あー……」と声を上げた。だが今度は納得の声だ。


「それではあとはよろしく」と厨房を出た雪人は、着替えるために従業員ロッカー室に向かう。

ロッカー室は男性用女性用と分かれていて、シャワールームとパウダールームもある。

別にこちらが要望したわけではなく、社長が「あった方が便利だろう」の一言で設置したそうだ。

雪人はロッカーからコートを取り出して羽織り、通勤用の黒リュックの中にエプロンを突っ込んだ。靴も厨房用の黒いスリッポンからスニーカーに履き替える。

「さてと、いつも通り十五分で幼稚園に到着だ。今夜はハンバーグを作ってやろう。ニンジンをみじん切りにして中に入れて、苦手を克服してもらわないとな」

雪人は真剣な表情で呟きながらロッカー室を出たが、廊下で面倒くさい人間と鉢合わせした。

「あー、村瀬君、元気？」

「元気です新堂店長。今から幼稚園のお迎えなので急いでます」

雪人は、上品なスーツに身を包んだ糸目の店長・新堂恭司に会釈する。

新堂店長はオレンジ色の耳と太い尻尾がキュートなキツネのモフだ。彼は「ハイツリー」社長の大学時代の先輩で、なんでもずいぶんと世話を焼いていたらしい。

「少しぐらい遅れても大丈夫でしょ？　園で嫌みを言われたら社長がその園を買い取ってしまえばいいんだし」

「いやいやいや。それはないでしょ、あの幼稚園は名門ですよ？　有名幼稚園ですよ？」

しかも希少価値のある可愛いモフの園児が大勢通ってます……ということは言わずに
「名門は維持も大変ですよ」と言って笑う。

「そうか〜。しかし君も、面倒くさい人に見初められたもんだね。ほんと彼は昔から強引だから、たまに人に誤解されるんだ。しかし根はいい子です」

「取りあえず、そんなことはないです……と言っておきます。どこで誰が聞いているか分からないし。給料に特別手当が付いているので、俺は喜んで働いてます」

新堂店長が言う「面倒くさい」は高本社長のことで、雪人も内心は深く頷きたい。

さすがに店長の前でそれはできないが。

「うちで社長を『いい子』なんて呼ぶのは新堂店長ぐらいです。あの、そろそろいいですか？」

「あー……確か、倫君だっけ？　社長の可愛い甥っ子は。しばらく会ってないなあ。大きくなった？」

「そりゃもう、すくすくと……ではなく。失礼します！」

時間が気になる雪人は、新堂店長に軽く頭を下げて廊下を早歩きした。

幼稚園に向かう道で、雪人は「社長」との衝撃の出会いを思い出した。

三ヶ月前、いつものように厨房で下ごしらえをしていた雪人の前に、目の覚めるような美形のモフが現れた。

そりゃもう瞬きするのが惜しいほどの見事なモフ尻尾を持った「オオカミのモフ」だ。耳も肉厚でピンと立っている。灰銀色の髪とモフは、照明にキラキラと輝いていた。

うわあ……なんて綺麗なオオカミのモフなんだ。俺の初恋のモフにそっくりな毛並みじゃないか……！　あの子の髪と尻尾も、それは綺麗な灰銀色だったな……。

オオカミモフは人気があり、白銀の北極オオカミモフや、灰銀のハイイロオオカミモフは特に人気だ。

高級なスーツを着た偉そうな男に、まさか「ゆきちゃん」と、とても可愛い笑顔で自分を呼んでくれた初恋の人を思い出すとは思わなかった。

もしあの子が成長したら、それはもう美しいオオカミモフになっただろう。今頃はどこかの立派なモフの妻として生きているに違いない。

子供の頃は分からなかったが、モフは大体モフ同士で結婚する。モフと一般の家族がないわけではないが、婚姻関係は圧倒的にモフはモフ、一般は一般同士が多い。

「俺は高本充（みつる）。ここの社長をしている。君が村瀬雪人か。俺の大事な甥を預けるのに値する男だと、調べはついている。今日から配置換えだ」

調べはついたって、俺は犯罪者か……。

「おい、雪人。俺の話を聞いているか？」

はい？　あなたは今、俺を呼び捨てにしましたね？　社長だから？　素晴らしいオオカミモフだから？　本当は嫌ですけど、でも俺はあなたに雇われている身ですので我慢しますが。

言葉遣いは大切だ。しかし相手は社長なので我慢する。

「申し訳ありませんが、俺たちにあるのは雇用関係です。名前を呼び捨てるのはちょっと……」

「雇用関係だけじゃない。……まさかとは思うが、お前は俺を覚えていないのか？」

「あの大変申し訳ありませんが……覚えてないです。あなたのような格好良くて綺麗なモフモフは、一度見たら忘れないはずなんですが、すみません」

雪人は「この人面倒くさそうだ。どうしよう」と思いつつも謝罪する。

「大山(おおやま)小学校、二年三組、村瀬雪人……だろう？」

中学や高校なら「ああ、それそれ」とピンときただろうが、小学生の頃となると思い出すまで時間がかかる。だが今の雪人は、「みっちゃん」を思い出していたのですぐに頷けた。

「はい。確かに俺は、大山小学校を卒業しました。二年年のときは、確かに三組」

「学校が終わると、いつも近所の公園に行った」

「え……？　ストーカー？　はっ！　すみません！　そんなわけないですよね！　分かってます！」

「ははは。俺はお前と同い年だ。小学生のストーカーがいたら怖いだろう！　……いつもシーソーで遊んでいなかったか」

雪人の言葉に怒るどころか笑い飛ばし、充が話を続ける。寛大な社長でよかった。

「はい、遊んでました。雲梯はいつも上級生に占領されていて、ブランコは女子でいっぱいだったんです。低学年の俺たちは砂場か鉄棒、シーソーにいました……。懐かしいです」

「だが一人で遊んでいたわけではない」

「ええ。いつも友だちがいました。その中でも凄く可愛くて、モフモフの尻尾を持っているモフの子と仲良くなって、いつも一緒に遊んでました。……その子が引っ越したときは

悲しかったです。それから俺は公園に行くのをやめて、同じクラスの男子と遊ぶようになりました」　遙か昔の記憶をたぐり寄せた雪人は大事なことに気づき、目を丸くして口を閉ざした。

　そして、穴が開くほど充を見つめる。

「もしやあなたは、みっちゃんのお兄さんですか？　だから同じような綺麗なモフ尻尾なのか！　みっちゃんは俺が一般でも『尻尾がないんだ！』とバカにせずに遊んでくれた、とてもいい子でした。懐かしいので、もしよかったら一度会って……」

　途中で口を閉ざす。

　充の妹であれば高本グループのご令嬢だ。

　気軽に話しかけていい相手じゃない。恋にも格差は存在する。

「あの、可能であれば……ゆきちゃんは元気でやっているらしい、と、そう伝えていただけますか？」

　すべての判断を充に任せた。

「それで、さっきの話の続きですが、あなたは俺に甥を預けると言いました。どういうことでしょうか？　クラブでご飯を食べさせるとか？　それは構いませんが、未成年の場合、店に出入りをさせるのは難しいかもしれません」

するると充は深く長いため息をついて、立派な尻尾を何度が乱暴に振る。

「聞け。まだ話は終わっていない。ゆきちゃんは手先が器用で、シロツメクサの冠を作ってくれた」

「え？　あ、はい」

そんなことあった？　いや手先が器用なのは事実なので、きっとシロツメクサを集めて編んだのだろう。

たとえ覚えていなくても、みっちゃんが目の前にいたら、綺麗に飾ってあげたいに決まっている。

雪人が何かしてあげただけで、みっちゃんはとても喜んでくれた。

「そして、一度だけブランコに乗ったな。二人で一つのブランコ。みっちゃんが座って、ゆきちゃんは立ちこぎだ。みっちゃんはあのときのゆきちゃんが格好良くて好きになったそうだ。初恋だ。いやきっと、ゆきちゃんが『遊ぼう』と声をかけてくれたときに恋に落ちた」

「待って待って待ってくださいっ！　みっちゃんが社長にそんなことを……ああ、でも、初恋って叶わないって話をよく聞きますし……。そうか。みっちゃんは俺を思い出として語ったのか。そ、そうですよねー……そういうもんですよねー……ははは」

いきなりこんな話をするということは、過去の清算だろうか。しかし小学生の頃の恋まで精算することはないだろう。思い出として残しておいてもいいじゃないか。酷い。

「ここまで言っても分からないのか？」

充のオオカミ尻尾が忙しく揺れている。なんとなく毛が逆立っているように見えるのは、多分気のせいじゃない。

彼は怒っているのだ。でもなぜ。

「あの、大丈夫です。誰にも言いません。大事な思い出は心の中にしまっておきます。だから安心してください」

「違う。俺の名前は高本充と言っただろう？」

「はい」

「子供の頃は、俺は『みっちゃん』と呼ばれていた。家庭教師や習い事で勉強をボイコットしていた頃に、公園でお前と出会った」

今まで仏頂面で口を動かしていた充が、ようやく表情を崩して微笑んだ。

その笑顔と、小学生の充の笑顔が重なる。

『ゆきちゃん。いつも遊んでくれてありがとう』

一つ思い出したら芋づる式に出てくるわ出てくるわ。雪人は小学生の頃の思い出に浸りながら、懐かしい表情を浮かべた。

「本当……ですか？　でも俺の知っているみっちゃんは女子のモフだった」

「俺は、中学生まで美少女モフで通っていた。これが、中一の頃の俺だ」

そう言って見せてもらったのはスマホの画面。

そこにはブレザーの制服を着て微笑んでいるショートヘアの美少女が写っていた。

さすがに見間違えない。笑顔とモフに面影がある。大きなモフモフの耳に、ずいぶんと立派になったオオカミ尻尾。艶々灰銀のモフだけでも素晴らしいのに、輝くような美しさ。見ているうちに眩しくて目を細めてしまう。

「みっちゃん！　これは……みっちゃんだ！」

雪人の初恋の人は、確かにそこに存在していた。

「大人になるとより分かる。みっちゃんは本当に美少女だ……」

すると充は眉間に皺を寄せて唸り、「気づいてくれると思っていた」と早口で言った。

「はい？」

「俺はずっとずっとお前のことを思っていた。学業や仕事の合間にお前のことを捜していたんだ。だが小学二年生の記憶の力では限界があった……。一時期は自暴自棄にもなったが、頑張ったんだ。最終的には奇跡を祈って奇跡が起きた。こういうときはなんて言うんだ？　ハレルヤ？　とにかくお前は俺の初恋の人。つまり、今から俺の恋人になる」

謎の論法すぎる。

「む、無理です」

雪人は顔を青くして首を左右に振った。

心は大変揺れたが、初恋とは「いい思い出」で終わらせるべきなのだ。今のご時世で言いたくはないが、「身分の差」が頭に浮かぶ。

百歩譲って身分差を解決できたとしても、どうしようもない差が出てくる。

充はオオカミ、毛色からおそらく人気のあるハイイロオオカミのモフで、雪人は一般だ。

高本一族は全員ゴージャスなモフだ。新堂店長がきって来た雑誌を見て「モフの一族って凄いですねー。しかもこれオオカミですよ。一度触ってみたいなー」と暢気に言ったことがあった。

一族がモフなら嫁や婿もモフ。

そこに一般の自分が入るなんて……そんな恐ろしいことできない。いや、自分が婿や嫁として入ろうなんて少しも思わないが。

「そうだな。そうだとも、お前の答えは分かっていた。久しぶりの再会で突然の交際宣言は気持ちの準備ができないだろう。だからこそ」

充はじっと雪人を見つめて「大事な甥の面倒を見てもらいたい」と言った。

「俺の仕事は『ハイツリー本店』の厨房です。それ以外は……難しいかと……」

「もちろん異動手当は出す。うちに住み込みをして、甥の朝の支度から幼稚園に送り届ける。延長保育をお願いしているから帰りは二時半。今度はお迎えだ。その間に家事をして、この店の下ごしらえぐらいなら問題ないだろう？」

「家事は大変な仕事で、実は結構重労働です。そして幼稚園児の世話もある。いろいろと無理があるような……」

家庭の中には、家事というカテゴリに入る名もなき仕事が数えきれないほどある。

「それは、ちゃんと分かっている。俺は倫を引き取るまでは一人暮らしだった。小さな子供が一人増えただけで、今までできていた家事が回らなくなることに驚いた。それに、俺は自分で何もしないとは言っていない。今までやっていた通りの家事をする。だがお前の手も借りたい」

「それなら、納得できます」

「よし。仕事は一部異動だ。店の仕事にも関わりたいなら、入る時間の変更もあるしな。いろいろ手当を付けなければならない。決まったら新堂から話がいくだろう。今まで離ればなれでいた分、距離を縮めていこう。俺は雪人との同棲を楽しみにしている」

いやそれは違うでしょ。同棲じゃなく住み込みでしょ。

昔の面影は、わずかにモフ耳とモフ尻尾だけになった「みっちゃん」は、「俺は決めたからな！」と胸を張って威張った。


桜花（おうか）学園付属幼稚園と彫刻された立派なアーチをくぐり、下駄箱横の受付で幼稚園発行の顔写真付き身分証を提示する。

厳しいセキュリティーチェックは「すべては園児の安全のため」に行われているのだ。

雪人は靴を脱いで、延長保育用の教室のドアをそっと開ける。

倫は、雪人が世話をするようになっても「お友だちと英語の勉強するのが楽しいから、お迎えはゆっくりでいいよ」と言って、延長保育をやめない。

充はもっと先を見ていて「あの幼稚園の英語教育は評判がいいから、延長保育で英語のレッスンを入れているんだ。本格的に塾に通わせるのは小学校に上がってから」と計画を立てていた。

「あーっ！　ゆきちゃんだっ！　お帰り、お帰りっ！」

保育士と一緒にアルファベットの発声をしていた倫は、英字ブロックを放り出して雪人に突撃した。

「早く帰ってご飯を食べようよーっ！」

「その前にお片付けだ」

雪人は倫を楽々と抱っこしてから言うと、そっと床に下ろす。

「はーい！」

倫はスモックの裾を可愛らしく揺らして、落ちたブロックを集めた。

「康一（こういち）先生、いつも騒がしくてすいません」

雪人は、倫の面倒を見ていたエプロン姿の保育士に頭を下げる。

「いやいや。子供は騒がしいのも『仕事のうち』ですから」

にっこりと微笑む桜崎康一を見て、他の保育士たちがポッと頬を染めた。

彼はアイドル系の甘いマスクと人当たりのいいパンダのモフで、園児はもとよりその母、同僚たちの憧れとなっている。

おまけに桜花学園の理事長の息子ともなれば、憧れない方がおかしい。希少種モフの「パンダ」一族なので老若男女に人気がある。

本来なら雪人も「モフ……素敵」と心が揺れるはずなのだが、パンダモフは雪人の心の琴線には全く触れなかった。

それが「大きな尻尾のあるなし」だと気づくのに一ヶ月かかった。

「ゆきちゃん、お片付け終わったよ」

「偉いぞ。さて、帰ろうか」

雪人は、カバンを斜め掛けにして帽子を被った倫の手を優しく握った。

「せんせえ、さようなら。みなさん、さようなら」

倫は可愛らしい声で、まだ残っている園児と保育士たちに挨拶をする。

見慣れた光景だが、やはり可愛い。自分にもこんな時期があったなんて、信じられないけど。

雪人はそんなことを思いながら、「バイバイ」と手を振り続ける倫を連れて、教室から出た。

仕事先のマンションはセキュリティー設備がしっかりしており、コンシェルジュと巡回警備員も存在する。さすがは充と倫の住む場所だ。

すっかり顔なじみになったコンシェルジュに「ただいま帰りました」と声をかけて、高層階専用のエレベーターに乗って部屋に向かった。

雪人はスーパーで買った食材を広々としたキッチンに置き、まずは倫の着替えを済ませる。「手を洗ってうがいだぞ」と声をかけてから食材を冷蔵庫に入れ終え、彼のカバンから小さな弁当箱とプリント、連絡帳を引っ張り出した。

「綺麗なお弁当箱だ」

「うん。全部美味しかった！　とくに卵焼きは凄く美味しかった！」

手洗いとうがいを終えた倫は、元気が有り余っている子犬のように跳びはねてソファの上に飛び乗った。

「そう言ってくれると嬉しい」

「今度はオムライスがいい！　今日のご飯はなに？」

「ハンバーグだ。でもまだ夕飯には早い」

「おやつを食べて待ってる！」

「そうしてくれ。今日のおやつはプリンだ」

雪人がカウンターキッチン越しに倫に笑顔を向けたところで、一階に来客があることを示すチャイムが鳴った。

こんな時間に来客なんてありえない。訪問販売ならまず警備員が止める。宅配便はエントランス横の宅配ボックスで事がなし、充の秘書ならセキュリティーキーは知っているはず。さて一体誰だ。

「僕がお話しする！」

倫はソファから飛び降りると、リビングの入り口に備え付けてあるインターホンに手を伸ばした。

「一度来客ボタンを押してみたかっただけだ。怒るな。諸事情でしばらく在宅になった」

充は玄関ドアを開けるなりそう言った。

「子供みたいなことはやめてください。在宅ですか、そうですか。まあ、今の世の中、ネット環境があればどこででも仕事できるし。俺は別に構いませんよ、高本さん」

「また名字呼びした。水くさい。『充』でいい。充で。三ヶ月もここに勤めているんだから、名前呼びにしてほしい」

「水くさいと言われても……雇用関係が崩れます……」

雪人は顔をしかめて、目の前の超美形を見た。

いくら初恋の人であっても、そこはなあなあにしたくない。それに名前でなんて呼んだら恋人同士のようで落ち着かない。

倫は充の隣に腰を下ろし、早く帰宅した充をじっと観察する。充は冷静な表情のまま倫をいきなり抱き上げ、ひょいと肩車をした。

「乱暴に扱ったら大変ですよっ！」

雪人は慌てて大声を出したのに、倫は歓声を上げて喜ぶ。

「可愛い甥を構っているだけ」

冷静な顔で言うなよっ！　子供が好きなら、真顔じゃなく優しく笑えっ！

倫を怖がらせてはいけないと、雪人は心の中でだけ怒鳴った。


ハンバーグの上には薄焼き卵で作られた花と星が飾られた。プリン型で型抜きしたチキンライスには「りん」と書かれた国旗が刺さっている。付け合わせはマカロニサラダとポテトフライ。おまけに、リンゴはウサギの形をしている。

今日はちょっと可愛らしくしてみた。

「みっちゃん凄いよっ！　パーティーみたい！」

歓声を上げ手を叩いて喜ぶ倫を尻目に、充は「可愛い。なんて可愛いんだ……」とダイニングテーブルに突っ伏して「可愛い」を連発した。

疲れているときに「可愛い」は癒やしになる。きっと充も仕事で疲れているのだろう。

「僕、もっといろいろリクエストしていい？　ゆきちゃん、いい？　チーズがいっぱいのってるなにかとか、ケーキとか！　煮物とか！」

「リクエストはいいが、俺が在宅になった今は雪人に任せっぱなしも申し訳ない。俺にも作れるぞ。料理のできない男はモテないのだと、姉に仕込まれた」

頷く雪人と胸を張る充に、倫は「きゃー」と甲高い声を出した。

「雪人はどうだ？　俺にリクエストは？　デザートに何か作ってやろうか？　仕事だけでなく家事もできるところを見せたい。アピールさせろ」

何を言っているんですか、社長……。

雪人は困り顔で笑って首を左右に振る。

「俺は、お前の恋人として恥ずかしくないよう技術を磨いてきた。苦手な食べ物を克服した。そして体力と筋力をつけて身長も伸ばした」

「はあ、そうですか……」

充が自分に頼んだ仕事は「倫の世話と家事」だ。

どんなに素晴らしい腕を持っていても、仕事が忙しい充は倫と過ごせる時間が圧倒的に足りない。

「ほんと、俺を異動させるよりハウスキーパーを雇う方がいいと思います」

「最初はそれも選択肢にあったが、雪人と再会した俺は、お前以外の選択肢はなくなった。素晴らしい再会だと思う。そして二人がかりなら家事も回る！　倫もそう思うよな？」

「思う！　ゆきちゃん大好き！」

大小のオオカミモフに尻尾を振られながら微笑まれたら、もう何も言えない。

可愛い最高！　しか出てこない。

雪人はニヤつかないようにするのに精いっぱいで、「……ま、まあ、それならいいですけど」と視線を逸らせてぶっきらぼうに言った。


雪人は充に茶を入れて「味はどうでした？」といつものように尋ねる。

「何から何まで美味しかった。シェフの味と言っても過言ではない。素晴らしい」

「ありがとうございます。ですが少し大げさだと思います」

「そうか？　だがこれからは俺も手伝おう。恋人として恥ずかしくないように。在宅勤務万歳だな」

「ちょっと待て、いや待ってください」

何を言い出すんだと、雪人は湯飲みをテーブルに置き、クッションを尻に敷いてテレビを見ている倫を一瞥した。

昨日のうちにダウンロードしておいたお子様向けアニメの一本を、夢中になって見ている。あの様子なら、大人の会話は耳に入らないだろう。

雪人は一呼吸置いて、低い声で冷静に言った。

「俺は……高本さんの恋人にはなれません」

「聞き飽きた。だめだと決めつけるな」

「だって、その、無理に決まってますから」

俺は一般で、モフモフの耳も尻尾も生えてきませんから、とは言わずに首を左右に振る。

「そうか？　待つ楽しさもあるだろう？　お前はもう俺の前にいる。気持ちの動きを待つのはそんなに苦ではない。安心しろ」

「いや無理です」

「……頑固だな。まだ若いのに。仕事には柔軟な頭脳が求められるぞ？」

「そんなことを言われても……っ！」

俺はモフとの初恋で「モフ」をこじらせたけど、でも、あなたと初恋を成就できるなんて思ってなかったわけで。そんな積極的に出られたら引くだろ。

言いたいことは呑み込んで首を左右に振る。

「難攻不落の堅物を攻略するのも悪くない。俺は挑戦が好きだ」

ぶんぶんと尻尾を振って目を輝かせる充は美しくて見惚れる。

ああ、本当に綺麗だな……と思う。でもこんな立派なモフに恋なんてしちゃだめなのだ。　せめて俺がなんらかのモフであれば、気持ちは違うのに。

今まで延々とモフに恋をして、俺は一般だからと諦めてきた。友人たちは「そりゃもう呪いだな。モフという性的指向の呪い」と言って「そういう呪いは解けないわなー」と気の毒そうに言われた。

自分でもそうだと思う。

無理な相手に恋をして勝手に諦めるなんて、なんて不毛な恋心だ。

こんな性的指向などに目覚めたくなかった。

それに、だ。

充は「好きだ。ずっと想っていた！」と言ってくれるが、雪人にとって初恋は懐かしく甘い思い出で、今の自分は「充はモフだから気持ちが揺れる」「身分違いの一般として冷静に考えるとこの交際はキッツイ」「モフだから充に惹かれるのか？」という気持ちが渦巻いていて、なんだかとっても面倒くさい。

それを知ってか知らずか充が自信たっぷりの笑顔で言った。

「俺は、お前の頑ななハートに挑戦する」


倫と一緒に風呂に入って、その日の出来事を聞かせてもらうのが日課になっていたが、その権利は充に移行した。

伯父と雇われ家政夫なら伯父にいくのが当然だ。思う存分甘えてほしい。

「ちょっと寂しい気もするが、家族の語らいは大事だ」

雪人がソファに座ったまま呟いたとき、パジャマ姿の倫と充がバスルームから出てきた。

「ゆきちゃんっ！　喉渇いたっ！　ジュース、ジュースっ！」

倫の甘えた声に雪人が応えようとしたとき、充が先にキッチンに行き、倫のためにグラスにジュースを注ぐ。

「ほら」

「ありがとう、みっちゃん」

「ジュースを飲んだら歯を磨け。それが済んだら、今日はもうお休みだ」

充は、真剣な表情でジュースを飲んでいる倫の頭を優しく撫でる。倫が嬉しそうに目を細める。

その姿は、本当の親子か年の離れた兄弟のようだ。

風呂上がりの幸せな家族を写真に収めたくなる。

「僕まだ起きてるよー」

「だめだ。もう八時を過ぎた。子供は寝るのも仕事」

「はーい」

倫は空になったグラスを充に押しつけ、手の甲で口を拭いながら洗面所へ向かう。

「さっきからずっとこっちを見てる。雪人もちゃんと構ってやるぞ」

充はグラスをテーブルに置き、当然のように雪人の隣に腰を下ろした。

「そのうち雪人のご両親にも挨拶をしなければ」

充の真剣な声に、雪人は驚いて目を丸くする。

「はい？」

「交際を始めるのだから、そういうものだろう」

「いや、それ、やめてください……っ」

雪人が動物のような唸り声を上げて体を強ばらせているところに、歯磨きを終えた倫がやってきた。

「あー！　みっちゃんとゆきちゃん、仲良しっ！　僕も仲良くするっ！」

子供は無邪気だ。

雪人は、自分と充の間に強引に割って入った倫を見下ろし、情けない笑みを浮かべる。

「ゆきちゃんがみっちゃんと仲良しになったから、ずっとここにいるよね？」

とっさに答えられなかった雪人の代わりに、充が「いるよ」と言った。

「みっちゃん、よかったね！　ゆきちゃん、ご本読んで」

倫は充に笑顔を向けたあと、雪人にしがみついた。

「それじゃ、今夜は何を読もうかな……」

雪人は小さく笑い、倫をひょいと抱き上げて寝室に向かった。


「……ああ。まあどうにか。………おう。それは分かってる。………うん………うん。あ、雪人が戻ってきたから、切るぞ」

ソファに転がったままスマホを使っていた充は、バスルームから出てきた雪人を目にした途端、すぐさま電話を切った。

「はー、お風呂戴きましたっ！」

雪人はパジャマ姿のままキッチンに入ると、冷蔵庫から缶ビールを二本取り出してリビングに戻ってくる。

彼は充に缶ビールを一本渡し、向かいのソファに腰を下ろした。

「これは俺の財布で買ったのですが、よかったらどうぞ」

「ほほう。缶ビールは久しぶりに飲む」

「はいはい。ええと、これから大事な話をします。倫は熟睡中だから大声を出さないようお願いします」

「敬語でなくていい。他人行儀は悲しい」

「あー……、では、雇用主からそういう要請があったということで承りました。そして保留させていただきます」

「えええ……」

「呼び捨てもできません」

「ゆきちゃん、お願いだ」

大きな耳がしゅんと垂れてしまうのが可愛かった。思わずときめいた。

「充さん呼びで勘弁してください」

「そうか……これはお前が譲歩してくれたと考えよう。分かった。雪人が譲歩してくれたのだな！　よし！」

いきなりオオカミ尻尾が力強く振られた。

凄い歓喜の感情だ。モフモフこの上ない。

雪人はそれを凝視しつつプルトップを開けると、缶ビールを一気に半分ほど飲んだ。

充は缶ビールを持ったまま、上機嫌で雪人の隣へと席を移動する。

そして、ずいぶんと慣れた手つきで雪人の顎を捕らえ、いきなりキスをした。

「初めてのキスはビール味か。まさに、成人しているからこその大人の味だ」

あまりに自然な動きだったので、抵抗するのを忘れてしまった。

雪人は顔を真っ赤にして、彼の腹に拳をめり込ませる。

反撃を食らった充は低い呻き声を上げた。

「……………痛い」

「何してるんですかっ！　セクハラは訴えますっ！」

雪人はそこまで言って、熟睡している倫のことを思い出す。

彼の睡眠を邪魔することはできないので、低く掠れた声で言い返した。

顔が赤いのは、怒っているからなのか恥ずかしかったからなのか、自分でもよく分からない。

「あなたは子供の頃は可愛かったのに。大きくなったら憎たらしい！　ですね！」

「大人の味のキスをしたのに反応が初(うぶ)で嬉しい。凄く嬉しい」

充は殴られた腹を右手で撫でながら、照れくさそうに微笑んだ。

そこで喜ばないでほしい。

雪人は首を左右に振って「俺の知ってる、儚げなみっちゃんと違う」と囁いた。

「……よし」

充は何かを思いついたらしく、一人で納得すると、雪人を両手で抱いて立ち上がる。

「充さん……っ！」

「大きな声を出すと、倫が起きる」

「う……っ」

雪人は声を出す代わりに闇雲に体を動かして抵抗した。

「大人だからこそできる挑戦をしよう。雪人を攻略する」

俺を攻略だと？　意味分かんねーっ！

雪人は平泳ぎをするように豪快な抵抗を見せながら、心の中で「意味分かんねーっ！」

と叫び続けた。

「充さん！　攻略と言いつつこれは早すぎる。ちょっと待て」

寝室のベッドの上に優しく下ろされた雪人は、眉間に皺を寄せて不愉快な表情を見せた。

「待ってください、合意じゃない。待て待て待って！」

「雪人の頑なな心に挑戦もするが、今は俺との相性を自ら確かめてくれ。俺からの提案だ。どうだろう？」

なんか……なんか……台詞が違う。こんな綺麗な顔をしてるくせに、相手を押し倒して囁く台詞が、なんか違うっ！　いや確かに俺の意見は聞いてくれそうだが！

雪人は充に両肩を押さえつけられたまま、心の中でシャウトする。

「緊張しなくていい」

「これが緊張せずにいられますか！　こんなよく分からない関係でセックスは無理です！」

充は「大丈夫」と言い、うっとりする微笑みを浮かべた。

その微笑みが綺麗で、きゅっと前を向いたモフモフの耳からは意志の強さを感じる。

うわ、ほんと、待って。モフとセックスしたことないんです。こんな緊張したままじゃ、何も感じないって！

雪人はとにかくベッドから逃げようとしたが、充が先にアクションを起こしたので動けなくなった。

「社長！」

「社長じゃない、充だ」

充は、パジャマの上から雪人の陰茎を握りしめたまま低く囁く。

雪人はそっぽを向くと、不利な体勢のまま再びもがいた。

「そんなに焦らなくても、ちゃんと気持ちよくなれる」

「この……バカ……っ、ん……っ！」

文句を言おうとした雪人の唇を、充が素早く自分の唇で塞ぐ。

頭の中は真っ白、体は硬く強ばって、指を動かすことさえできない。

「驚くのは最初だけだ。そのうち、『充、今夜は何もしないのか？』と俺にねだるようになる」

充は低く掠れた声で雪人の耳元に囁く。

そしてゆっくりと、彼のパジャマを脱がし始めた。

「モフとセックスしたことないのに、強引なのはいかがなものか」

辛うじて動くのは唇だけ。雪人は悔しさのあまり声を掠れさせる。

「え。初めてのセックス？」

「違う！　モフとのセックスが初めてですっ！　それなりの経験はあります！　モフとの初めてのセックスはもっとこう……ロマンティックにしたいと……」

「ありがとう。ありがとう雪人。俺、頑張るから……！」

そう言った充は、雪人が初めて見る顔をした。

ほわほわとした、なんだかとっても幸せそうな表情だ。

こんな状態だが、自分が彼にこの表情をさせたのかと思った雪人は、心の中がじわじわと熱くなる。

「セックスというか、そうだな、触れ合いを楽しもう。相性がいいといいな」

相性とか、そんなの考えてセックスしたことないけど。

モテるモフはそういうことも考えるんだろうか。

そう思っているうちに、充から可愛いキスを何度もされて気持ちよくなってしまう。

「気持ちいい？　息遣いが荒くなってきた」

「……っ！　そ、そんなことは、ない。ないですっ」

だが体は「モフに触られている事実」に反応して大変なことになっている。

「さて。二人でいろいろ挑戦しよう」

充は笑顔で、パジャマ越しに握っていた雪人の陰茎をゆっくりと扱き出す。

「ん……っ………っ！」

「声、もっと聞きたい。我慢するな」

「我慢だなんて……っ、そんなっ、あっ」

充の指がパジャマの中に入り、雪人の陰茎を直に握りしめた。

変な声を出してしまったことを恥じ、真っ赤な顔で動きを止めた雪人を、充は優しく微笑みながら見つめる。

「雪人、物凄く可愛い。ずっとお前にこうしたかった」

「や、やめろ……って、充さん……。……んっ……んぅ……っ」

「いい声だ、雪人。想像とは大違いだ」

「バカ……っ……それ以上……は、だめ……っ」

モフに、しかもこんな綺麗なモフに触られてるんだぞ！　こじらせた恋心が酷くなったらどうするっ！

雪人は唇を噛み締めて快感を堪えながら、心の中で子供じみた悪態をつく。

しかし体は心とは裏腹。雪人の努力をいとも簡単に裏切って、快感の蜜を滴らせ始める。

「濡れてきた」

「実況……すんな……っ」

「できるならビデオに撮って残したいくらいなんだ。実況するくらいは許せ。ああもう、凄く可愛い」

充は雪人の額や目尻にキスをしながら、彼を追いつめるように敏感な先端を指先で愛撫した。

蜜が溢れ出る縦目を指の腹で円を描くように撫で回し、時折小刻みに擦る。

「あっ、だめだ、だめだってば……っ！」

急所を捕らえられて思うように動けない雪人は、自分の陰茎を嬲っている充の右手首を両手で掴むことしかできない。

「うあ……っ……あ、ああっ、あ、あ……っ」

だがささやかな抵抗も、いきなり指を激しく動かされて徒労に終わった。

敏感な縦目を乱暴に擦られた雪人は、無意識のうちに腰を浮かしてしまう。

充の指が動くたびに、頬を紅潮させて浅く速い呼吸を繰り返す。

「そんな、も、俺……っ、出る……っ、出るから……っ」

充の手を汚したくない。恥ずかしい。でも気持ちよくしてくれて嬉しくて、もっと変な声が出そうになる。

「もっと気持ちよくしてやる」

雪人は目尻に涙を浮かべて、ぎこちなく頷いた。

「凄く可愛い」

充がそう言いながらキスをしてきた。雪人は充の手で達せられた。

それが信じられないほど気持ちよくて、情けなく恥ずかしい声を出すと、耳元にまた「可愛い」と囁かれた。


目覚まし時計のささやかな音で目が覚める。

雪人は小さな呻き声を上げてサイドボードに手を伸ばし、時計のアラームを止めた。

そこで「はっ」と我に返る。

雪人は勢いよく体を起こすと、立派な調度品で整えられた寝室を何度も見渡した。

「あれ……？」

ベッドの上に自分がいるだけで、他には誰もいない。

アレは夢だったのか？　……だとしたら、ずいぶんと生々しい夢……なわけないだろっ！

信じられないほど旨い夕食や、とぼけた会話。そして、散々恥ずかしい目に遭ったことが夢であるはずがない。

「そうとも……。俺にあんな恥ずかしいことをしやがって。これが夢なわけない……！」

昨夜の出来事を思い出した雪人は、たちまち顔を真っ赤にすると、勢いよく寝室から出ていった。

「ゆきちゃん、おはよう！　あのね、凄いのね。ごーかなのっ！」

幼稚園の制服を汚さないよう、食事エプロン代わりのタオルを首に巻きつけた倫が、大声ではしゃぐ。

子供は、いつでもどこでもテンションが高い。

雪人は倫のキンキン声に目眩を感じたが、すぐに笑顔で「おはよう」と言って席に着く。

「朝ご飯もゴージャス！　ゴージャス戦隊いただきまーす！」

「なんだよ、そりゃ」

バターとメープルシロップの載った小さなパンケーキにかぶりつく倫を微笑ましく見つめていた雪人は、ハタと自分の用件を思い出した。

「ちょっとよろしいですか！　社長っ！」

「社長じゃなくて『充さん』だ。おはよう、雪人。ほれ、朝ご飯」

充はエプロン姿でキッチンから現れると、クールな笑みを浮かべながらコーヒーカップとブランチプレートを雪人の前に置く。

大きめのパンケーキが四枚。バターとシロップは小さな容器に分けられている。ふわふわのスクランブルエッグにソーセージとベーコンが添えられていた。

別の器には目にも鮮やかなフルーツサラダ。

今まで朝食は旅館の和食系だったので、こんな色鮮やかな食事は目が覚める。

「美味しいねえ！　僕、ゴージャス大好き！」

倫は具だくさんのスープを飲み、無邪気に笑う。

「よ、よかったな。弁当は……俺がすぐに作って……」

「もうね、みっちゃんが作ってくれたっ！　おにぎりが三角なんだよっ！　ゆきちゃんのは丸だけど、みっちゃんはちっちゃい三角！」

いくら在宅勤務とはいえ、気まぐれにこっちの仕事を奪わないでほしい。あなたの大事な甥を預かるのは俺の仕事なんだ。俺が弁当を作ってやらなくてどうするんだよっ！

だが朝っぱらから倫の前で大声は出せない。子供の情緒教育に悪い。

雪人は、気を落ち着かせるためにコーヒーを飲んだ。

「食べながらで構わないから聞いてくれ。在宅の間は俺が倫を送迎する」

「は？」

「俺が倫を幼稚園に送り迎えする」

「それはまあ身内ができるなら、よろしいかと」

「送迎証明は持っているから心配するな」

充は気軽に言うと、今度はスープの入った器を雪人の前に置く。

「倫の送り迎えは俺の仕事のうちでしたが」

「給料に変化はないから安心してくれ」

雪人は充の言葉に頷きながらも、倫に尋ねた。

「倫はどうしたい？」

「僕はかわりばんこがいいなー。みんなにじまんできるし」

ああうん、そうですよね。こんな素敵な伯父さんがいたら、自慢したいよね。うん。知ってた。

「ゆきちゃんのことはいつもじまんしてるけど、みっちゃんのことはまだじまんしてなかったから。こうへいに、じまんする！」

なんていい子なんだ。倫の笑顔に癒やされる。

「可愛い倫のリクエストだ。叶えられるものは叶えてやるのが、保護者の務め。頑張れ、充伯父さん」

雪人は倫の頭を優しく撫でて、充に言った。

倫の世話をしないと、こんなに時間に余裕があるのか……。

雪人は、壁に掛かっている時計を見つめてそんなことを思った。

いつもは「アレがない」「コレがない」と大騒ぎなのに、充がいるだけですべてそつなく事が運ぶ。

社長の上に家事も完璧なのか？　と首を傾げるほどの素晴らしい出来だ。

雪人は「凄いなこの人」と、倫のカバンに弁当を詰めている充を見た。

「二人で家事をすると朝に余裕があっていいな」

「いや、今日の俺はたいして何も……」

「はは。つまり俺が勝手に浮かれて家事をしているってことか」

充が世界中の女性が頬を染めて俯いてしまうだろう微笑みを浮かべ、雪人を見つめる。

「そうだ。俺は充さんに言いたいことがありました」

「そういえば俺も、雪人にし忘れていたことが一つあった」

倫は今、歯磨きとトイレでバスルームを占領している。従って、仲裁する者はいない。

「昨日の、アレ……」

雪人は世にも恐ろしい表情で、胸の前で腕を組んで偉そうに言い放つ。

「俺がし忘れていたのは……」

充は微笑みを浮かべたまま雪人に両手を伸ばす。そして、彼の頬を両手で包むと、チュッと触れるだけのキスをした。

驚きで目を丸くしたまま固まっている彼に、充は「おはようのキスだ」と平然と言う。

「こ、こ、こ、この……っ！」

「やはり、朝は『おはようのキス』からだろう？　食事と順番が逆になってしまったが、許せ。明日からは順序よくしてやる」

そんな順序いらない！

雪人は大声を出しそうになったが、朝から大声を出したくなかったので我慢した。

「ゆきちゃん、怒ってたね」

「おう」

「みっちゃんは、もっと、ゆきちゃんと仲良くなってくれればいいのに」

「時間はかかるがなれるさ」

「うん。僕はみっちゃんを信じてる」

一番下の妹が出奔して一人で子供を生んで育て、仕事もようやく軌道に乗ってこれからだというときに事故で亡くなった。

兄弟で一番仲の良かった充は密かに彼女と連絡を取り合ったり倫の世話をしていたが、まさかこんな終わりが来るとは思わなかった。

妹から「お願いします」と託された倫も、充を信じている。

「任せろ。俺たちは仲良くなって、やがて結婚して幸せな一生を送る運命だ。もちろん俺の幸せの中に倫もちゃんといる」

「だよね！」

倫が笑顔で充の手を握りしめた。

桜花学園附属幼稚園の前では園児に交じって、スーツ姿の父親や、朝から化粧と服装に気合を入れた母親たちが和気藹々と会話していた。

入園試験に両親が揃っていなければいけないなんて規則はない。園が才能を認めた幼児で、入学金と月謝を納め、高級な「お稽古道具」を購入できかつ寄付金を納めることができればいい。ただしやはりというかなんというか、園児はモフで、一般はどこにもいない。

「朝の幼稚園に来たのは初めてだ」

送迎に来た人々は、ジャンパーにジーンズという、いい感じに「ゆるい服装」の充を目にした途端、唖然とする。

みな目が肥えた人々なので、充が着ているジャンパーやジーンズの値段はある程度分かるのだろう。

「あのジャンパー、海外ブランドの限定品！」「どちらの芸能人？　それともモデル？」

「整っているわ。顔が整っているわ」「とっても立派なオオカミモフ！」「もしかして親子かしら？」

父親たちは感心し、母親たちはポッと頬を染める。保育士たちまで充の姿に見惚れた。

「みんな、みっちゃんを見てるねえ……」

「そうだな」

充は倫に平然と言い、彼の手を引いて園内に入る。

「いい子にしているんだぞ？　今日から一時半に迎えに行く」

充は倫の前にしゃがんで目線を同じにすると、帽子の上から彼の頭を優しく撫でた。

「うん。みっちゃんもいい子でね」

倫も充の頭を撫で回す。

「おう」

充は小さく頷き、ゆっくりと立ち上がる。

彼は倫が友人たちの輪に入っていくのを見届け、幼稚園の事務所に足を向けた。

「あの！　どちら様ですか？　部外者は中には入れません！」

素早く現れた康一が、充の前に立ちはだかる。

雪人が倫の送迎をする前は、秘書室に頼んでいた。満足のいく特別手当を出したお陰で、彼らは日替わりで倫の送迎をしてくれた。

そういえば倫の入園前に一度見学をしただけだったと思い出して、これからはもっと子育てに関わっていこうと心に誓う。

「聞こえてます？　そこの人」

充の正体を知りたい「観客の人々」も、子供たちが園内に入っても立ち去らずに成り行きを見守った。それに、タイプは違うが二人とも大層な美形。朝からとっても目の保養。朝から縁起がいいと、奥様たちはときめいた。

「ああ、そうか。これを見せればいいんだな」

充はジーンズのポケットに入れていた「送迎証」を康一に突きつける。

「高本充。高本倫の伯父で、彼の保護者だ。服装は次回から気をつけよう。しばらくは私も甥を送迎する」

康一は本当かどうかを確認するように、「送迎証」を訾めるように何度も見つめた。

密かに耳をそばだてていた人々は、充の正体を知ってすぐ「あの高本グループの誰か！」「さすがは素晴らしいオオカミモフ！」「雑誌で見たことがある」と心の中で叫びまくった。

「これからは俺と雪人が、交互に倫の送り迎えをする」

康一は片方の眉をぴくりと上げ、面倒くさそうにノホホンと立っている充を睨む。

「いつも送迎されている村瀬さんとはどういったご関係で？」

「言う必要があるのか？」

「私の父は理事長で、私自身も理事の一人です。保育士を兼任していますので。高本さんのご家庭のことはよく存じております。何ごとも私がはっきり把握しておかなければ。ええ、そうですとも。いつも倫君の送迎は村瀬さんですから。あの人はとても真面目で素晴らしい人だと思っていますので」

「ふむ」

充はジャンパーのポケットに手を突っ込み、意地の悪い笑みを浮かべた。

パンダモフめ。大事な雪人に悪い虫がつくことは断固阻止だ。ここは一つ、太くて長い釘を刺しておこう！

そして、低く小さな声で尋ねる。

「精神的な関係と肉体的な関係のどっちを知りたいんだ？」

「は……？」

「俺たちは幼なじみで互いに初恋の相手。延々と雪人を思い続けて一生を捧げる。昼夜を問わず攻略を試みている。今夜は、一緒に風呂に入って体を洗ってやる予定だ」

俺と雪人の輝かしい未来は誰にも邪魔させない。

恋する男は障害物に敏感だ。

充は康一の言葉の端々から、彼が雪人に好意以上の感情を持っていると確信して、先制攻撃を仕掛けた。

康一の表情から彼がひるんだのが分かった。

「ではそういうことで。これからは俺を不審者扱いするのはやめてくれ」

充は言いたいことだけ言うと、頬を染めて自分を見ている保育士たちにちょこんと頭を下げて帰っていった。

「……送迎は、村瀬さんの前は秘書の方たちでしたからね。秘書さんは入園式にも出席していましたっけ。まさか、あんな素敵な方が倫君の保護者だとは」

「康一先生と並ぶと、パンダとオオカミのモフで美形二人組。素敵でした。朝っぱらから熱が上がっちゃう」

「ああ、保護者同伴の遠足にも来てくれるかしら」

彼らの会話を聞き取れなかった猫や犬のモフ保育士たちは、瞬く間に康一の周りに集って感情の源である尻尾を振り回した。

康一は「倫君の伯父さんです」と言い、よろめくようにして園舎に入った。

幼なじみだってっ！　一緒にお風呂に入るかもしれないって！　きっと村瀬さんの寝顔

も見てるんだっ！　畜生っ！　うらやましいっ！

生まれてこの方、ここまで敗北感を味わったことはない。

申し分のない環境で育ち、加えてパンダのモフ、容姿端麗成績優秀で挫折一つ知らず。

欲しいものはなんでも手に入る環境にある康一が、唯一手に入れることのできない「もの」を充に奪われた。

「ただ見ているだけで幸せだ……なんて思っていた自分の甘さを、とことん思い知らされた」

園児たちのはしゃぐ声が教室から聞こえてくる。

だが今の康一は、それを微笑ましく思えなかった。

「今からでも遅くはないと信じたい。僕はパンダのモフだし。希少種のモフだし。今までの上品な振る舞いはやめて、もっと積極的に動こう。積極的に」

康一は呪いのように低い声で言った。

仕事は倫の世話と家事がメインになっているが、「ハイツリー本店」開店前の食材の下ごしらえは、時間が許す限り携わっている。

「村瀬さーん。来週使う海老フライ用の海老、注文数のゼロが一個多かったよ？」

「え？」

包丁を磨いていた背後から声をかけられた雪人は、慌てて振り返った。

「さっきいつもの問屋さんから電話が来て『二百尾って何だ？　二十だろ？』って確認があったので訂正しておきました」

調理スタッフは笑いながら、問屋とやりとりしたスマホの画面を彼に向ける。

雪人は頬を引きつらせ、片手で顔を押さえた。

「済まない。訂正してくれてありがとう」

「もっと感謝して」

「ありがとう。本当に助かった」

深々と頭を下げる雪人に、スタッフが「にゃんにゃん」と猫のモフらしい声を出す。

今日は他にも下ごしらえでミスをした。

厨房を任されているのに申し訳ない。情けない。

あげくに、充が在宅の間は「ハイツリー本店」の厨房に戻ってもいいんじゃないか、そうすればミスなどしないだろう……とまで思ってしまった。

いやいや、これは責任転嫁だ。

雪人は「ふう」と深呼吸して気持ちを落ち着ける。

下ごしらえは終わった。あとはゴミをまとめるだけだ。

今夜の料理は鱈と海老のフリッターと、牛肉の香味焼きで、どちらもワインに合う味にした。

「そういえば、ウイスキーに合うおつまみも欲しいみたいですよ」

「ナッツとドライフルーツだけじゃ味気ないもんな。何か考えておくよ」

スタッフから客のリクエストを教えてもらうと、俄然やる気が出る。

「じゃあ、あとはいつも通りだ。よろしく頼んだ」

「はーい。また明日ね！　村瀬さん」

手を振るスタッフに手を振り返して厨房を出た。

と、新堂店長と鉢合わせする。

「おや。せっかくみんなの仕事ぶりを見に来たのに、村瀬君は退社か～。村瀬君。君、ちよっと私に付き合いなさい」

「新堂店長、なんか変なこと言ってます」「村瀬さんはこれから別勤務でしょ」とスタッフは突っ込みを入れるが、新堂店長は糸目をますます細くして「まあまあ」と笑った。


「久しぶりに向かいのカフェでお茶しよう。あの店のアイスコーヒーが美味しいんだ」

そう言われて、店の向かいにある「まちカフェ」に連れていかれた。

ここはできた当初はコーヒーや軽食が旨いカフェだったが、場所柄同伴待ちの客やホステスが多く利用するようになってから、すっかり業界御用達のカフェになっていた。

オーナー件マスターは「儲かってるから別にいい」と普段はクールだが、ホステスたちに「マスターのご飯美味しい！」と喜ばれて内心喜んでいるらしい。

「社長と上手くいってる？　あの子、今は在宅でしょ」

アイスコーヒーを前に、新堂店長は嬉しそうな声を出した。

「いや……まあ、それなりに……。ていうか、在宅なの知ってるんですか」

「昔からの付き合いだから、いろいろとやりとりしてますよ。しかし十数年越しの恋だろう？　桃栗三年柿八年ということだし、是非とも実らせてやりたいじゃないか。だから村瀬君も頑張ってね」

「何を意味不明なことを言ってるんですか。新堂店長……」

「高本が嫌いなのかい？　あいつは自信たっぷりに仕事を進めてウザいと思うこともあるかもしれないけど悪いヤツじゃない。家族から反対されていても、亡くなった妹の子を引き取って育てる責任感と正義感に溢れている素晴らしい男だ。まあうん、強引なところは面倒だなって思うかもしれないけどね」

「いろいろ分かってるじゃないですか」

「大学時代に『俺の雪人が』って何度聞かされたことか。私は君に会う前から、君のことを知ってしまった。……あ、この台詞ってちょっといいと思わない？」

雪人は、手にしたコーヒーカップを破壊しそうなほど力を込めて握ると、無邪気に笑う新堂店長を冷ややかに見つめる。

「……俺の入店は、幸運でもなんでもない、コネだったたってことですか？」

「最初から採用するつもりだった。当初は人が欲しかったからね。でも、面接のときに君と世間話をしたじゃない？　うちはモフが多いけど大丈夫かとか。そのときに、初めて優しくしてくれたモフの話になって……」

あー……確かにそんな話をした。

雪人はそこで「みっちゃん」の話を語りまくったのだ。語りすぎて相手は引くだろう。これで採用も取り消しだと思ったら採用されたので幸運だと思っていた。

「高本から聞かされていた話と合致するところがたくさんあったから、あの子に連絡したんだ。高本が君のことをソッコーで調べて、君があの『ゆきちゃん』だと知ったときは、目玉が飛び出て弾けるほど驚いたよ」

その糸目の、どこに目玉が隠されているんですかっ！

心の中の悪態はどんどん辛辣になっていくが、今の雪人にはそれを止めるすべはない。

「本当はもっと早く君と親しくなりたかったらしいんだが、社長にいきなり声をかけられても恐縮するだけだろう？　だからしばらく様子を窺っていたそうだ。で、話すきっかけを作ったわけです」

「ほう、そうですか。俺の個人情報が横流しされて……」

「高本のために、何かと君に話しかけていたわけじゃない。ただ俺は、恋のキューピッドというものに憧れていてね！　しかもモフと一般の恋だ。ドラマティックだよね〜」

「あー……そういうドラマが去年大人気でしたねー」

「あの子の在宅初日で早速何か事件が起きたのかい？」

起きたさっ！　だが言えるかっ！

雪人は新堂店長から視線を逸らし、唇を噛み締めて頬を赤く染めた。

『雪人、愛してる。もっと脚を開け』

『も……だめ……っ、苦しいって』

『まだ一回しかイッてないだろ？　可愛い顔をもっと見せろ』

『ふざけたことを……っ』

『俺は本気だ。ほら……』

封印したい記憶なのに、次から次へと思い出される。

新堂の見ている前で、雪人は耳まで真っ赤になった。

「まさか……勢い余って強姦……」

「されていないっ！」

雪人は両手でテーブルを殴ると、目を三角にして怒鳴る。

突然の怒声で、カフェは水を打ったように静まり返った。

ハイツリー本店の新堂店長である彼は、このカフェの常連でもある。

そんな新堂店長が従業員に怒鳴られたなど噂が広まったら、いろいろと申し訳ない。

どっと冷や汗を垂らして慌てる雪人の前で、新堂店長は「あらあら」と声を出す。

「騒がしてしまって失礼。つい、対戦ゲームに夢中になってしまった」

いつの間に取り出したのか、新堂はスマホを持ち上げ、「何ごとか」とこっちを注目していた客たちに見せびらかした。

彼らは「あ、ゲームね。ゲーム」と納得すると、自分たちの話に戻った。

「あはは～。上手く切り抜けられてよかった」

「……申し訳ありません。そして、ありがとうございました。そういう……簡単に危機を切り抜けてしまうところは、さすが新堂店長です」

「たいしたことないよ」

「猫被りが上手いだけでしょう？　新堂店長の敏腕ぶりは、見ていれば分かります。他店の人が新堂店長を誉めてるのを何度も聞きました」

「プライベートでは新堂と呼んでくれると嬉しいな。これからはそうしてくれると嬉しいな。ね？　強姦はなかったとして、どこまでいっちゃったわけ？」

せっかく誉めたのに、話がずれずにもとに戻ってしまったっ！

雪人は神妙な顔でため息をつく。

「あの人、俺に挑戦するって。好きになってもらえるように頑張るって……。そんなことを言われても困る」

「セックスはなかったのかー」

新堂はあからさまに残念そうな声を出す。

「あなたの頭の中はそればっかりですか！」

「お。今度ははぐらかしてきたか。これを飲んだら、もっといろいろ話してもらうからね」

「なぜそこまで聞きたがるんですか」

「だって俺には、経過と結果を知る義務と責任があると思わないか？　君と高木を繋いだかすがいだよ、俺は。それに店長は親も同然という」

「それを言うなら、『店長』でなく『大家』では？」

「わざとボケたんだけど……」

眉間に皺を寄せて言い返す雪人に、新堂は耳をピコピコ動かして笑った。


雪人は、充にアレコレされてしまったことだけは絶対に言わなかった。

だが勘のいい新堂は察してしまったようだ。

「高本が本当に嫌なら、あなたは嫌いだ、生理的に合わないぐらい言わないとだめだよ。

あ、彼を振ってもうちでは働いてもらうから安心して」

彼を前にして「嫌いだ」と言うのは、それはとても勇気のいることだ。

それができたら、とうの昔に……。

けれど雪人はそれを口にしなかった。

本気で抵抗できない理由を、正確に言える自信がなかったのだ。

「僕ねえ、今日は早くお帰りなんだ！　おじさんが来るんだ」

「朝一緒だった人？　カッコイイよねー」

「絵本の王子様に似てるー」

小さな体で胸を張って威張る倫に、少女たちは黄色い声で答える。だが少年たちは、充の顔よりも身長に興味があるようだ。

「大きかったよなー」

「怪獣役できるよなー」

「俺、背中登りしたい！」

彼らは最近流行り(はや)のヒーローを真似て、様々なポーズをとりながら頷き合う。

「みっちゃんね、力も強いよ！」

充が話題になって嬉しい倫に、少年たちは「じゃ、背中登りだっ！」と瞳を輝かせた。

いつもなら話題に入ってくる康一は真剣な表情を浮かべ、黙々と積み木を片付けている。

康一は心の中で「私も積極的に動く」と延々と呟きながら、無心で手を動かす。

その様子を見ていた保育士の一人が「何かに似てる……」と呟いた。

「え？　何に似てるの？」

「あー……あれじゃない？　昔話か何かで見たことがある。『一つ積んでは母のため、二つ積んでは父のため』って」

「やだ！　それって、親より先に死んだ子供たちが、賽の河原で石を積む話でしょ？　石の山が出来上がる前に、鬼がやってきて邪魔するのよねー」

「何を言ってるんですか？　ほら、保護者が園児を迎えに来る時間ですよっ！　園児を渡すときに、ちゃんと確認することっ！　最近は物騒ですから、しっかりしてくださいね！」

こそこそ話をしていた彼女たちは最年長の保育士に注意され、蜘蛛の子が散るように解散して仕事に戻った。

「それにしてもほんと、今日の康一先生はどこか変よね」

何が起きるか分からない昨今、桜花学園付属幼稚園では、保育士が迎えに来た保護者を確認してから一人ずつ園児を受け渡している。

「あーっ！　みっちゃんっ！　みっちゃん、お帰りっ！」

倫は園門に充の姿を見つけた途端、園児の群れから飛び出した。

そして、充の長い足に勢いよくしがみつく。

「お帰りはお前だろうが」

充は片手で難なく倫を抱き上げる。

保護者用駐車場から現れた母親たちと女性保育士たちが、それを見逃すはずはない。

「今、片手でひょいって持ち上げたわ」「簡単に持ち上げたわ」「しかも、少しもぐらつかないわ」

彼女たちは心を一つにして「カッコイイ、ステキ」と呟き、熱い視線で充を見つめた。

「みっちゃん、一緒にお帰り！」

「その前に、先生に『さよなら』だ」

充は倫を地面に下ろし、彼の頭を乱暴に撫でる。

「ええと……。倫君のお迎えは、伯父の高本さんですね」

頬を染めて確認する保育士に、充は面倒くさそうに頷いた。

「せんせえ、さようなら！　明日はゆきちゃんがお迎えに来るから、えんちゅーほいく！」

「延長保育だろうが」

充は訂正して苦笑するが、倫のスモックのボタンが掛け違えているのに気づき、しゃがみ込んで直してやる。

その途端、充の背中に園児たちが殺到した。

みな、我先にと充の背中に登っていく。

彼らは、「怪獣っ！」「まだ乗れるよっ！」「動け動け！」など、好き勝手に大きな声を上げた。

有名私立幼稚園に通っている園児たちは躾のよろしいお子様ばかりなのだが、「充登り」の魅力には勝てなかった。

「ったく。ちびっ子の行動は予測不可能だ」

「みっちゃん、モテモテ！」

「そういうことにしておくか」

充は軽く頷くと、園児を何人も背中に乗せてわざと立ち上がり、彼らに歓声を上げさせた。

その様子を、保護者や保育士たちはうっとりと見つめ「ステキ……」と呟く。

「園内で危険な真似はやめてください。子供たちに何かあったらどうするんですか！」

そこへ、悪役よろしく康一が現れた。

充は無言で子供たちを下ろし、一人一人頭を撫でてやる。子供たちは嬉しさで顔を真っ赤にし、自分たちの保護者のもとへ走った。

「あなたは保育士ではないでしょう？」

「そうだな」

「勝手な真似は慎んでください」

「申し訳なかった」

「まったく……村瀬さんは何でこんな人のところで働いているのか……」

「その言い方は………俺と雪人の親密な関係に嫉妬してるのか？」

充が呟いた言葉に、康一は頬を引きつらせた。

「図星」

「そ、そう言っていられるのも、今のうちだけだ」

「どんなにあがいても、雪人は俺のもの」

充は勝利の微笑みを浮かべると、きょとんとした顔で自分たちを見上げている倫に片手を伸ばす。

「倫。今夜は雪人と俺とお前の三人で、一緒に風呂に入ろう」

「洗いっこする?」

「ふ。当然だ」

「わーい!」

無邪気な倫は、充の手を両手で掴んで跳びはねる。

「……と、いうわけだ。じゃあな、邪魔男」

康一は「誰が邪魔男だ」と掠れ声を出し、両手の握り拳をぷるぷると震わせた。

保護者と一緒の定時保育の園児たちや、延長保育の園児たち、そして他の保育士たちの手前、思う存分怒鳴り散らすことができない。

充はそれが分かっていて、わざと挑発したのだ。


雪人は部屋の鍵を持ったまま、開けるのをためらっていた。

「何もかも夢」ってわけには……いかないよな。充さんはかなり気合が入ってた。だがしかし、俺があの人とどうにかなるなんて……ありえないのに。

「ただいま……」

部屋中に、だしのいい匂いがする。

ああ、美味しい匂い。口の中に唾液が溜まる。

ドアを開ける前までわだかまっていたものが、旨い匂いを嗅いだ途端に消えてしまった。

「ゆきちゃんっ！　お帰りっ！」

ブレーキの利かない自転車のように、倫が雪人に突っ込んでくる。

「ただいま。いい子にしてたか？」

「してたっ！　あのね、魚を練ったのっ！　スプーンですくって、ポンッてやった！　みっちゃんなんでもできるんだね！　凄い！」

何を言ってるのかよく分からないが、料理の下ごしらえについて言っていることは分かった。

雪人は倫を抱っこしてリビングに行く。

思った通り、ダイニングテーブルの上には鍋がセットされていた。

「お帰り。先に食事にするか？　風呂に入る？　それとも、お帰りなさいのチュウ？」

子供の前でふざけたことを言うな。

雪人はそう悪態をついてやろうと思った。

なのに。

振り返った充を見て、開きかけた口を閉じた。

ワイシャツとトラウザーズの上に着けているのはレースのついたエプロン。しかも、グレーフレームの伊達眼鏡をかけている。

「執事とメイドを合体させてみた。倫は喜んでくれたが、お前は？」

美形はどんなコスプレでも似合うのか。

声を出すことさえ忘れた雪人は、心の中で言い返す。

「ゆきちゃん、電池切れ。動かない」

倫は自分の力でフローリングの床に下りると、不思議そうな顔で雪人を見上げた。

「笑顔の絶えない家庭にしたいと思って、倫のアドバスを形にしてみた。レースのエプロンは大事だそうだぞ」

真顔で言われて、今度は笑いが込み上げてきた。

自分が悩んでいたこともどうでもよくなった。なんだこいつは。面白いじゃないか。

「ぷ」と口から空気が抜ける音が響き、堪えられなくなる。

もうだめだ、我慢できない。

雪人は「その恰好！」と言ってしばらく笑い続けた。

充はというと、雪人が楽しそうならいいかと、何も言わずに笑われた。


「寄せ鍋というか、海鮮鍋に近いな。入ってないのはカニぐらい……？」

雪人は充の酌でビールを飲みながら、鍋の中身をチェックする。

「カニは大きすぎて、倫が怖がったのでやめた」

「あ、そうだ。俺が預かっているカードを返しておかなければ」

生活費はここから引き出して使えと渡されたカードのことを思い出す。

小分け用の器に大根おろしと柚、少々の薄口醤油を入れて混ぜ合わせた。大人用には、更に一味唐辛子を加える。

「別にいい。それは引き続き雪人が持っていろ」

「そうですか。承知しました」

雪人は素早く言い返し、上手く箸を使えない倫の代わりに、彼の器に野菜と練り物を入れた。

「ちゃんとフーフーして食べるんだぞ？」

「うん、ありがと。ゆきちゃんって、おかあさんみたいだ」

「だったら俺がおとうさんに昇格か」

「そうだね！」

「誰がおかあさんですか」

雪人はサクッと突っ込んだが、すぐに失敗したと自分を責める。

倫が傷ついた表情を見せて俯いたのだ。

「……おかあさんと言ってごめんなさい」

「あー……違う。倫は悪くない。あのな、ええと……俺にお前のおかあさんが務まるか分からないから、どうしようと思っただけだ。倫はいつもいい子だよ。謝るな」

雪人は向かいの席から左手を伸ばし、俯いている倫の頭を優しく撫でた。

倫には、まだまだ両親の愛情が必要なのに、自分はちゃんと分かっていなかった。

「僕……ごめんなさい……」

倫は箸をテーブルに置き、小さな手で一生懸命顔を擦る。

楽しいはずの食卓が、一瞬にして通夜の席のように暗くなった。

自分のバカさ加減が情けなくて、雪人まで泣きたくなる。

「倫。日曜日に遊園地に行くぞ」

充は隣に座っていた倫を、自分の膝の上に向き合うように乗せて提案した。

「遊園地」の言葉に、倫はおずおずと顔を上げる。

「お前の行きたい遊園地に連れていってやる。一日中、遊ぼう」

「ほんと？」

「本当だ」

倫は涙と鼻水で汚れた顔のまま、嬉しそうに笑った。

「僕ね、僕ね、『かんかんしゃ』に乗りたいっ！　すっごくおっきい『かんかんしゃ』っ！」

「じゃあ、大きな観覧車のある遊園地に行こう。ただし、雪人は倫を泣かしたからお留守番だ」

充は雪人に視線を移す。倫もつられて雪人を見た。

「ゆきちゃん、お留守番？」

「俺は、その……伯父さんと二人で楽しんでおいで」

雪人は「ここは伯父甥水入らずだろ」と心の中で呟いて二人を見つめ返す。

「……みんな一緒がいい」

「ん？」

「僕、みっちゃんもゆきちゃんも好きだから、一緒がいい。三人でかぞくがいい」

「聞いたか？　雪人」

「き、聞きました」

何を言われても仕方がないと思っていた雪人は、胸の奥が熱くなる。

「いつも車だから電車で行くっ！　いろんな色の電車にいっぱい乗るよっ！　あとねえ、飛行機にも乗るっ！　僕一回だけ飛行機に乗ったことがあるんだよ？　それでね！　こんな、こんなの、踊ったの！」

倫は両手を左右に揺らし、自分がどれだけ凄いものを見たのか、充に自慢する。

思いも寄らずに始まったゼスチャーゲームに、雪人と充は顔を見合わせて首を傾げた。

「分かんないの？　お尻に草をいっぱいくっつけて踊ってたんだ。花飾りももらったっ！

凄く暖かくて、でも海には生きたウンチがいっぱいいたっ！」

余計分からなくなったと首を傾げ続ける雪人の前で、充が答える。

「それはもしや……ハワイか？」

「ピンポーンっ！」

倫は拍手をすると、機嫌よく自分の席に戻った。

「そういや、倫が幼稚園に入った年に、妹と一緒にみんなで旅行をしたんだ。写真も撮った。あとで見せてやろう」

「ああ。いい思い出だな」

充は妹と甥が「いい思い出」を作れるように、旅行をプレゼントしたのだろう。

たんに自信家で強引なだけのモフではなく、相手の気持ちもちゃんと考えている。

そんなこと、俺は小学二年生の頃から知ってるけどな……。

自分が一般でも気にしなかった。

雪人の中で一番大切な充との思い出だ。

「どうした？　雪人」

「なんでもないです。さあ、鍋を再開しましょう」

ようやく元気を取り戻して食事を始めた倫を見つめ、雪人は目を細める。

「雪人も食べろ。倫が一生懸命捏ねて作ったつみれだ」

充は何ごともなかったように菜箸を操り、雪人の器に野菜とつみれを手際よく入れた。

「旨そう！」

雪人は早速、不揃いのつみれを口に運ぶ。石のような外見からは想像できない軟らかさに、彼は目を丸くした。口の中に、だしをたっぷり含んだ魚の旨味が広がっていく。

「美味しい？　ねえ、ゆきちゃん。美味しい？」

「凄く旨いぞ、倫。これ全部、お前が作ったのか？」

「うん！　みっちゃんに手伝ってもらったけど。あのね、ゆきちゃん。僕、もっとお手伝いできるよ？　だからこれから、一緒にご飯を作ろうね」

そんな気を遣われたら泣いちゃうから勘弁してくれ。

雪人は倫を心配させないように無理矢理笑みを浮かべると、何度も頷いた。

一緒に風呂に入って、幼稚園での出来事を聞く。寝付くまで絵本を読んでやる。

雪人は倫の無邪気な寝顔をしばらく見つめてから、使い古してクタクタになったクマのぬいぐるみを枕元に置き、静かに子供部屋から出ていった。

リビングに戻ると、風呂から上がったばかりの充が、パジャマ姿でソファにくつろいでいた。

ダイニングテーブルとキッチンは綺麗に片付けられている。

「食事のときは……その……助かりました」

雪人は充の隣に腰を下ろしてそう言うと、深いため息をついた。

「いや、あれは俺が悪い。伯父として日頃からフォローできていれば問題なかった」

「いやでも……俺が悪んです。言葉遣いに気をつけます。こんなことは二度とないようにします。子供を泣かせるなんて」

「分かった。じゃあ、雪人がおかあさんで俺がおとうさんということで。それでいい？」

「俺は真面目に言ってるんですけど……」

「茶化してない」

充は熱い視線で雪人を見つめる。

「充さん……俺と会話のキャッチボールをする気はないんですか？」

「キャッチボールよりプロレスがしたい。ちびっ子は眠った。これからは大人の時間」

充は雪人の体を強引に抱き締め、自分の膝の上に乗せる。

「あっ！　この……っ！　真面目な話からなんでこんなことになるんですかっ！　ニュースを見させてください！」

雪人はもがきながら腕を伸ばし、テレビのリモコンを掴んでチャンネルを変えた。

「俺は今、ちょっぴりだけ傷ついているから慰めてほしいと思っている」

「……やっぱり、真面目な話でいいんじゃないですか」

「倫を幸せにしてやりたいんだ。それには雪人の協力も必要だ」

「それは分かってます。あの子の世話を引き受けました。きっちりやりきりたいです」

「ではまず、俺たちが幸せになろう」

「いやいや待って。話を飛躍させないで」

「あー………ああ、そうだな。俺は焦っていた。雪人の攻略は地道にしなければならないんだ」

「倫はきっと、将来は立派なオオカミモフになります。血の繋がりから言って美形になるだろうし、身長だって伸びるでしょう。幼稚園の他の先生たちも倫君はいい子と言ってます。だから将来も問題ない」

「そう言ってくれると嬉しい。俺は、ゆくゆくは自分の財産を倫に継いでもらおうと思っている」

え？　そんな大それたこと今言っていいのか？

雪人は目を丸くして「そ、そうですかー」と頷いた。

「そしてリタイア後は雪人と二人で南国の島で暮らそうと思う。いい未来だ。想像すると泣きそうになる」

「気持ちは分かりますが泣かないで。いい年でしょう？　未来のことを考えるのも大事ですが、今は毎日を頑張って生きる、ですよ？」

「それもそうだ」

「社長さんの在宅ってどんな仕事をするのか分かりませんが、疲れないようにちゃんと休憩を取ってください。充さんの、艶のない尻尾なんて見たくないです。言いすぎました。ごめんなさい」

「在宅勤務というより……休暇が溜まりすぎて部下たちに示しがつかないから、しばらく会社に来るなと秘書室長に言われた……」

耳をぺたんと折ってそっぽを向く充の姿は、テレビで見た、ペットの犬が悪いことを誤魔化そうとするときの姿にそっくりだ。

「は？　え？　だったら最初からそう言えばいいのに、なんで嘘なんて」

「雪人と一緒にいたかったからに決まってる！」

「俺の仕事は、ハイツリー本店の厨房にあります。今は短時間対応にしてもらってますが」

「……倫と、仲良くなってほしかった。俺との距離も縮めたかった。だって雪人を離したくなかったから。嘘は悪かった。だがこれ以外の嘘はない。雪人を愛しているという気持ちには嘘偽りなどない」

自分を膝の上に乗せて抱き締めたまま、充が必死に訴える。

「それは、まあ、分かります。でも、恋愛に関しては……」

「そこは『俺も、充さんのことを』となるものだろう？」

「いや、なりませんって」

「雪人は俺が思っていたよりも照れ屋さんなのか？　だとしたらいろいろ納得できる。照れ屋であっても俺に触れられて感じてしまうからこその、あの台詞の数々……。よし。今夜はもっと気持ちよくしてやる。だから可愛い声を出せ」

「な……っ！」

雪人が逃げようとしたと同時に、充が行動を開始した。

彼は右手で雪人の股間を捕らえ、パジャマの上から陰茎を刺激する。

「く……っ」

このままでは、昨夜と同じ事態に陥ってしまう。

雪人は抵抗しながら頭を働かせようとするが、体はもう気持ちのいいことは覚えていた。

「雪人……すぐ勃った。可愛い」

「なんでだよ。もう、俺ってヤツは……」

「俺たちの相性は良さそうだ。よかった。感じてくれて嬉しい。可愛いよ、雪人」

「あ、バカっ、耳元で言うな……っ」

下肢がどんどん熱くなっていく。

雪人は「ここ、リビング、です」と言って、自分の股間を刺激している充の右手を両手で掴んだ。

「ベッドじゃないところで興奮する？」

それ違う〜！

口を開いたら変な声が出てしまいそうな気がする。だから雪人は心の中で叫んだ。

「雪人は可愛い。あのときからに少しも変わってない」

いや変わっているだろ。

そもそも可愛かったのは自分ではなく充の方だ。

ふわふわの耳にふわふわの尻尾。触りたくてたまらないほどの可愛らしさで光り輝いていた。どこから見ても立派な女の子だった。何がなんでも守ってやらなければという気持ちにさせた。「ゆきちゃんと一緒にいると楽しい」と言われるたびに、子供らしい正義感と優越感で満たされて気分がよかった。

充が転校するまで、雪人は彼を一生守ってやると当然のように思っていた。

充が転校していったあと、雪人の心の中には大きな穴が開いてしまった。寂しいやら悔しいやら、わけの分からない感情が渦巻いた。

あれが初恋なのだと、恋愛対象がモフばかりになってから気づいた。

いろいろとこじらせていたのは自分だけだと思っていたが、この男も大概だ。

「放せ……っ……放してください……っ……ここじゃだめです……っ」

「ようやく手に入れたのに、誰が放すか」

「そんなこと言われても」

「雪人が何にこだわっているのか分からないが、俺はそんなこと気にしない」

「え……っ？」

雪人は目を丸くして充を見た。

「きっと、聞いたらたいしたことないと思うが」

「たいしたことある！　俺は一般なんだから！　しかもモフの両親から生まれたモフだ！　充さんは何も言わないが、俺はこれでも結構気にするんだ！　三歳下の弟が、両親と同じ柴犬のモフとして生まれてから、俺の家族は変わった。俺は存在しないような扱いで、金だけ渡されて『これで足りるでしょ？　自分のことは自分でやってね』って言われ続けた！　たから、だからさっさと家を出て一人暮らしをしたんだ！　家族とはそれきりだ！」

言ってしまった。

モフの弟に熱狂して、弟中心になった両親が雪人にしてくれた最後のことは、賃貸アパートの保証人になることだった。「どこに住むの？」「遊びに行くね」なんて言葉は一言もなかった。弟の教育と将来について考えることの方が百倍も大事なのだ。

そりゃそうだ。両親は「モフの家系なのに子供がモフじゃない」と陰で親戚に言われ続けたし、母親は、ＤＮＡ親子鑑定で父親と雪人が親子だと分かるまで、「浮気したんじゃないか」と父に責められていた。

本当に、モフは怖い。罪深い。

「そうか。……だったらもう、俺のもとに来ればいい。なんの気兼ねもなく俺と恋人同士になれる」

「俺はモフじゃないですっ！」

「分かってる。だから雪人は何も考えなくていい」

耳元に優しく囁かれ、雪人は少し泣きそうになった。

「目を閉じて。力を抜いて。今は快感に流されろ。それが一番いい」

パジャマ越しのもどかしい愛撫に、雪人は掠れた吐息を漏らす。

意識は流されるなと警告するのに、体が言うことを聞かない。

「俺は……充さんを好きになんか……」

「なる」

「なんで断言するんですか……」

「俺たちはそういう運命だから」

「自信たっぷりすぎる！」

「大声出すな。ったく。余計なことは考えずに気持ちよくなっていろ」

充は呆れ顔でため息をつくと雪人を床に押し倒す。そして、彼の下半身を素早く裸に剥くと、ためらいもなく股間に顔を埋めた。

ぎゃーっ！

雪人は慌てて手で口を押さえ、叫びたいのを堪えた。

「う……っ」

た、確かにこれは紛れもない快感だし、余計なことなど考えている暇はないが、充さんにこんなことをされるなんて、その、恥ずかしすぎる！

心の中で突っ込みまくってはいるが、温かな口腔と舌の動きには逆らえない。

「腹につくほど硬くなったぞ」

「バカ……。楽しそうに笑うな……」

「雪人にこうしてやるのが、俺の長年の夢だった」

ああ、そうですか。夢が叶ってよかったですね……っ！

雪人はヤケになり、険しい視線で充を睨む。

だが、再び陰茎を銜えられて、背筋を走る快感に腰を浮かす。

「や……やめ……っ」

男に銜えられ、舌で執拗に攻められるなんて悔しい。なのに体はその愛撫に悦び、とろとろと蜜を溢れさせる。

更に充は雪人の脚を持ち上げて、彼の股間を余すことなく明かりの下にさらけ出した。

「何を……する……」

自分で見たことも他人に見せたこともない場所まで、「初恋の可愛いみっちゃん」にさらすことになった雪人は、快感と羞恥の入り交じった表情を浮かべ、上ずった声を出す。

「気持ちよくしてやると、言っただろうが」

「でもそこは……」

恥ずかしいから見ないでくれっ！

雪人は股間を隠そうと、真っ赤な顔で右手を伸ばした。

だがその前に充が雪人の尻に顔を埋め、後孔を嘗める。

「ひ……っ」

セックスの経験はあっても、後孔を攻められたことなど一度もない。

「いやだ……いやだ……やめろ……っ……そんなところ……っ」

恥ずかしい恰好をさせされ、恥ずかしい場所を嘗められる。雪人は気持ちよくなってきた自分が情けなくて、顔を両手で覆って目尻に涙をにじませた。

しかし、快感に従順になった体は、雪人に別の感覚を教え始めた。

「なんで……俺……っ」

唾液でねっとり濡れるほど会陰や後孔を嘗められるたび、微かな声が漏れてしまう。

「やだ……こんなの……俺じゃ……ない……っ」

快感を必死に否定したが、後孔に舌先を入れられて、ついに甘い声が出た。

「雪人は感度がいい」

充はようやく顔を上げ、雪人を見下ろして愛しそうに微笑む。

「ばか、も、だめ、そこ、だめだって……っ」

「やめない」

充は右手で雪人の袋を優しく嬲った。

ふっくらとしたそこを、重みを確かめるようにやわやわといじられる。

「――――――っ!」

体を乱暴に貫く快感に、雪人は言葉を失って背を仰け反らせた。硬く勃起した陰茎から
は失禁したように蜜が溢れ、糸を引いて滴り落ちる。

「あ、あ、あ……っ」

それ以上意地悪くいじられたら、恥ずかしい声を出してしまう。

雪人は涙を零して首を左右に振った。

「可愛い雪人。もっと可愛らしくしたい」

「違う……っ、や……いや、だっ。だめだってっ」

充の指は、蜜を垂らす陰茎には決して触れない。

雪人は唇を噛み締めて身悶え、充の甘い拷問に耐え続ける。

「こうやって……俺の下で快感に染まる雪人を、ずっと見たかった。なんて可愛いんだ。

ずっとこういう顔を見ていたい」

充が雪人の痴態を満足そうに見下ろし、散々弄んでいた袋から指を離した。

「バカ、充さんのバカ……っ」

「もっと可愛いことを言ってくれ」

「ちょ……っ！」

濡れそぼって柔らかくなった後孔を指で貫かれ、雪人は体を強ばらせて抵抗する。

「お前……この……っ！　人の尻に何をする……っ！」

「ここは気持ちよくなる場所」

冷静に言っているが、尻尾は大きく揺れて楽しそうだ。

「気持ちよくない……！」

「静かに。倫が起きてきたら大変だ」

今言うか！　卑怯者ーっ！

雪人は口を閉ざして眉間に皺を寄せ、心の中でシャウトする。

それをいいことに、充は指を二本に増やして雪人の体を何度も突き上げた。

「ん、んんっ、そこばっかり……っ……なんで……っ」

「俺の指で感じてくれて嬉しい。恥ずかしがっている姿が最高だ」

充の指が、雪人の肉壁の一点を強く押し上げる。その途端、雪人は彼にしがみついて甘い声を上げた。

「あ、あああっ、そこっ！　そこ、だめ！　だめだ……っ！」

そこを刺激されただけで、全身が甘く痺れる。自ら腰を振って、もっと深く充の指を受け入れようとしてしまう。

「だめ、頭おかしくなるっ、いい、そこ、いい……っ！」

雪人は充にしがみつき、彼の首筋に顔を埋めて、切ない声を上げた。

「指でそんなに気持ちよくなられると困る。俺で気持ちよくなってくれ」

充は雪人の額にキスをしながら指を引き抜き、代わりのものを彼の後孔に押し当てる。熱くて硬い。

「あの、充、さん……まさか……」

「本格的に体の相性を知りたい。挑戦させてくれ、雪人」

「待て、待て待て待て待って……っ！　まずは深呼吸をして気持ちを落ち着かせ……」

「俺は落ち着いているから」

あなたのことじゃなく、俺のことですーっ！

雪人は右脚を持ち上げられて、充に貫かれた。

そんな狭いところにあんなものが入ったら、絶対痛いに決まってる。痛いどころじゃ済まない。大怪我をする。雪人はそう信じて疑わなかったが。

「あれ……？」

圧迫感と息苦しさは感じるが、たいした痛みはない。

「ようやく見つけた最愛の相手に、酷いことをするわけがない」

充は雪人を見下ろして、微笑した。

「すでに酷いことしてますが……」

「それはありえない。つらくないのは、俺たちの相性が最高だということだ」

思わず「そうなのか？」と尋ねてしまいそうになった。

雪人は「俺はバカか」と自分を罵り、それから自分を見下ろしている充を見た。

なんて嬉しそうな顔してやがる。恥ずかしい……。

「動くから、俺にしがみついて」

「え？　あっ、あぁ、あ……っ……なんで……俺……っ」

セックスの経験はあるが、「これ」は経験がない。

後孔を貫かれて、あまつさえ動いているのに少しも苦痛を感じない。体を苛むのは、ぞくぞくとする快感だけだ。

「愛してるよ」

「ん、んんっ、このままだと……、俺……っ」

いたわるように優しく突かれた内部から、快感が広がっていく。

それが頭の中にまで広がってしまったら、欲望を満たす言葉しか言えなくなる。

雪人は充の下から逃げようともがくが、肩を押さえて引き戻された。

「んう……っ！」

その拍子に深く貫かれて、衝撃に頭の中で星が飛び散った。

「バカ」

充は優しく腰を使いながら、片手を雪人の陰茎へと伸ばした。

そこは萎えるどころか、熱く硬いままで蜜を垂らしている。

充の指はそれをそっと握りしめ、自分の動きに合わせて扱き始めた。

「あ……っ」

前後を甘く激しく犯されて、声が出た。

気持ちのいい声を素直に出すと、もっと気持ちがいい。

「ちゃんと見ていてやるから、ほら、達してみせろ」

「や、だめだ、そんなん、だめ……っ」

「昨日はできただろうが」

充が雪人の肉壁の敏感な部分を集中して突き上げて、射精を強要する。

「んぅ……っ、だめだって、ほんと、こ、こんな気持ちいいの……っ！　こんなこと、だめだから、あっ、だめ……っ！」

「本当に、雪人は強情だ。でもそういうところも、愛しい」

充は嬉しそうに微笑んで、本気を出した。

「や、やめ……っ、あ、あ、あ……っ」

雪人は慌てて、両手で口を押さえる。

前後の愛撫が更に激しくなり、目の前が快感で霞んだ。

体中に淫らな衝撃が駆け巡る。

「やめろ……もう……やめろ……っ、充さん、だめ……だめっ、もう……っ！」

恥辱と欲望の高波が幾度となく押し寄せ、雪人はボロボロと涙を零す。

「我慢するな。俺も気持ちいいんだ。お前だけじゃない。俺も気持ちいいんだよ」

充の上ずった声を聞き、雪人は「本当?」と尋ねた。

自分ばかりが羞恥の中に快感を得ているわけじゃないのかと。もちろん充は何度も頷く。

「俺はいつも、雪人に気持ちよくないと言われたらどうしようかと心配でたまらないんだ。だから行動が過剰にもしつこくもなる。どこまですればいいのか分からない」

「ばかだよ……充さん。ほんと……」

それ以上は何も言えなかった。

快感の塊に肉壁を直撃されては、我慢などできない。

雪人は充に哀願しながら、自ら腰を揺らして射精した。。

充もまた、雪人の締めつけに堪えきれず、彼の肉壁に精を解き放つ。

「雪人……」

とても優しい声で呼ばれているが、頭の中は快感で真っ白で返事ができない。

「雪人。愛してる……」

辛うじて「知ってる」と唇を動かした。

充が笑った気がしたが、急激な睡魔に襲われて悪態もつけない。

「おはよう。朝飯の用意ができたぞ。起きろ、雪人」

「ん……あと……五分……」

ポンポンと掛け布団を叩くたびに、雪人の体が中に潜っていく。

「そうか。……俺のテクニックなら、五分あれば簡単にイかせられる」

「ふざけんなっ！」

こういうのも条件反射と言うのか。雪人は物凄い勢いで起き上がると、目の前の男に掴みかかった。

「朝っぱらから大胆だな」

「大胆じゃ……ないです……」

充は雪人の唇に、チュッとおはようのキスをする。

「朝っぱら勘弁してください」

雪人はため息をつきながらベッドから下りる。何か忘れているような気がしてならないが、早く着替えて朝食を食べたい。

「今朝は和食だ。夕べの鍋の残りをおじやにした。かなり旨い」

「そうか。夕べの鍋……夕べっ！」

何もかも思い出した。いやむしろ、思い出さない方がよかったかもしれない。

雪人は呻き声を上げて頭を抱えると、その場にしゃがみ込む。

「どうした？　もしや腰が痛いのか？　それとも腹が痛いのか？　後始末はちゃんとしたが……」

「それ以上言わないでください！」

雪人は悲鳴交じりの大声を出す。

「言わなきゃ分からないと思う」

「社長は少々お静かにっ！」

雪人は自分の大声ですっかり目を覚ました。


「今朝の送り担当は村瀬さんなんですね！　昨日は会えなくて残念でした」

雪人と倫が幼稚園の門をくぐったと同時に、康一が彼らに走り寄った。

「おはようございます。今日は延長でお願いします」

「倫君なら、何時間でも延長してお世話をさせていただきますよ、村瀬さん。……いや、もう知り合って三ヶ月以上も経つから、雪人さん……とお呼びしていいですか？」

康一は持ち前の人当たりの良さで、強引な要求を柔らかく言った。

「え…？　保護者と保育士が……名前で呼び合っちゃっていいんですか？」

それ以外の付き合いが、俺たちの間にあったか？　ないだろう。

雪人はこっそりと一人ボケ突っ込みをして、曖昧な笑みを浮かべて康一を見つめる。

「親しくなるといいこともありますよ？　私なら倫君の今後について、いろいろと相談に乗れます。ね？」

「あー……そういえば康一先生は、桜花学園経営者の跡継ぎでしたっけ。理事長先生がお父さんなんですよね」

「ええ。ですがその前に一介の教育者です。将来有望な園児たちを、清く正しく美しく導くのが重要な役目」

自信満々の微笑みがキラキラと輝く。

保護者たちや保育士は、「今日の康一先生は一段とステキ」と、会えなかった充の代わりにはしゃいだ。

「そ、そうですね……。倫はこのあとも桜花学園にお世話になることですし。いろいろご教授していただきたいと思います」

雪人は倫の頭を優しく撫で、康一に頭を下げる。

「では、早速ではありますが、スマホの電話番号とメールアドレスを交換しましょう」

康一はエプロンのポケットからすかさずスマホを取り出し、笑顔で雪人に迫った。

「ゆきちゃん、僕もうみんなのところに行っていい？」

「ああ。みんなと仲良くな。……っと、スマホですか……？」

園児たちの群れに入っていく倫を手を振って見送り、雪人はためらいがちに康一を見た。

こんなおおっぴらに、保育士とスマホの電話番号やメルアドを交換していいのかよ。連絡アドレスはすでに登録してるのに。

雪人が窺うように視線を辺りに向けると、保護者たちや保育士たちと目が合った。みな好奇心いっぱいの表情で自分たちを注目している。

「やましい関係じゃありませんから気にしない、気にしない。ところで雪人さんは、スポーツは何かしてますか？」

「水泳かな。以前はジムに通っていましたが、今は倫と二人で市民プールに行って、あいつに泳ぎを教えてます」

「ほう。私はスキューバを趣味にしているんです」

「いいなあ。凄く興味があるんですよ、スキューバ。倫も熱帯魚が好きなんで、スキューバも好きだろうな」

雪人は「スキューバ」に多大なる反応を示し、尊敬の眼差しで康一を見つめた。

「水中の写真、いっぱいありますよ。見ますか？」

「ええ、是非。……あ、そろそろ家に戻らないと。シーツを洗ったりいろいろ大変なんです！」

「これをどうぞ。私のスマホとメルアドが書いてあります」

康一は雪人にメモ用紙を渡す。

「ありがとうございます。昼休みに俺からメールしますね。えっと……康一さん、と呼べばいいんですか？」

雪人は受け取ったメモ用紙をジャケットのポケットに入れ、最寄り駅に向かって走り出した。

「気をつけて〜」

康一は右手で握り拳を作り、「よしっ！」と何度も呟く。

その様子を、保育士たちは不思議そうに見つめた。

延長保育の我が子を迎えに来た保護者たちが、ポツポツと園内に現れた。

雪人もその中の一人で、顔見知りに笑顔を向ける。

彼は延長保育用の教室に足を向けたが、中から物凄い歓声が聞こえてきて驚く。他の保護者たちも「何ごと？」と顔を見合わせた。

ゆっくりドアを開けると、見覚えのある男が園児たちにまとわりつかれている。

その光景を例えるならば、無数のピラニアに襲われる野牛。

「なんで充さんが……」

雪人は片手を額に当てて呆れ声を出した。

「あ！　ゆきちゃんっ！　今日ね、みっちゃんも来てくれたのっ！　みんな、みっちゃんで遊んでるのっ！」

充をオモチャ扱いする倫に、保護者たちから笑いが漏れる。

充は充で、園児たちにしがみつかれたまま雪人に手を振った。

「充さんは何をしているんですか？　社長なのに！」

「それを言うな、それを。夕食の買い物がてらに、甥の顔を見ようと寄っただけだ。今夜は鶏の唐揚げと麻婆豆腐、春雨サラダ」

多分、おそらく、いや絶対に旨い。充の作ったものを一度でも食べれば、メニューを言われただけで口の中に唾液が溜まる。だが雪人は辛うじて堪え、充を叱った。

「またしても俺の仕事を奪いましたね。早く子供たちから離れてください。怪我をさせたら大変です。すみません、身内がバカなことをして」

雪人は、申し訳なさそうに保育士たちに頭を下げる。

「大丈夫ですよ。私たちがちゃんと見ていますから。それに高本さんは、ついさっき来たばかりですし」

「私たちも、素晴らしいオオカミモフを間近で拝ませてもらって心の洗濯ができましたし」

保育士たちは本音を優しくオブラートで包み、上機嫌の笑顔を見せた。

「あの……康一先生は……？」

いつも一番に声をかけてくれる康一が、今日は教室の中にいない。雪人は不思議に思って尋ねた。

「事務所で、明日配るプリントを作ってます」

「そうですか」

彼はパンダモフなので、いないと妙に寂しい。その気持ちが声に出たのだろう。充がぴくりと反応した。

彼は自分にしがみついていた園児たちをゆっくり離すと、「誰にも渡さない」を態度で示すべく、雪人の背後に寄り添った。

「倫。先生たちとお友だちにさよならのご挨拶だ」

雪人は背後に不穏な気配を感じながらも、倫にしっかり躾を施す。

「はい！　せんせえ、さようなら、みなさん、さようなら」

園児たちは倫にさよならを言ったあと、「みっちゃん、また明日！」と付け足した。

「みっちゃん、ほんとにモテモテだねー」

「はいはい。あ、ちょっと事務所に寄って康一さんに挨拶してくる。靴を履いて待ってろ」

「俺も行く」

どこに行くにも離れないつもりの充に、雪人の頬が引きつる。

「なんで一緒に来るんですか。倫と一緒に待てないんですか？　園児以下ですか？」

「あいつに会いに行くのは、許さない」

「は？」

「可愛こぶったパンダモフが一人いるだろうが」

「そっちこそ、モフにものを言わせてる悪徳社長だろ！」

二人の会話に、康一が猛然とした態度で加わった。

ああ、うるさい。いい年をしたモフ二人なんだから、もっと穏便に話をしてほしい。

それ以上大声を出したら、びっくりした保育士たちが「何ごと？」と戻ってくるだろう。

充のモフ耳がきゅっと前を向き、尻尾は膨らんでゆっくりと揺れている。

オオカミモフなのにそこがなんか猫っぽい……と思って「ふふ」と笑ってしまった。

「なぜ笑う」

「だってモフにものを言わせるは……間違ってないって思ったので」

ハイイロオオカミのモフ尻尾は、誰もが抱き締めたくてたまらないお宝だ。

雪人は充の胸を小突いて、くすくす笑う。

「まあ、雪人が楽しいならそれでいい」

「はいはい。俺は充さんの家の住み込み世話係ですから」

「え？　雪人さん……強引に住み込みにさせられているのか？　だったら私のコネクションで、この男をどうにかしよう。ね？　雪人さん」

康一は雪人の腕を掴んで自分に引き寄せると、充との間に距離を置く。

「あ、その…康一さん。いきなり話を大きくされても……」

俺が困るんだ、俺が。

雪人は困り顔で話を変えようとする。

「おい、雪人。なんでこの男が、お前の名前を呼ぶんだ？」

充はすっと目を細め、背後に暗雲を背負う。加勢するように、倫も充の脚にまとわりついた。

「僕、ゆきちゃん好きだよっ！　出ていってほしくないっ！　一緒にゆうえんちに行くって約束したじゃないかっ！」

倫に強く出られると、彼中心の生活をしている雪人はとっても弱い。

困惑した表情で沈黙した。

「倫君。遊園地なら先生が連れていってあげるよ？　それと、綺麗なお魚の写真も見せてあげる。先生ね、いっぱい写真を持っているんだ」

何も言わない雪人の代わりに、康一が倫に話しかけた。

「きれいなお魚？　美味しいヤツ？」

「はは。食べ物じゃないよ。ほら……」

康一は手にしていた小さなアルバムを開き、倫に見せる。色とりどりの熱帯魚が、珊瑚礁の中で優雅に泳いでいた。

「うわあ……」

倫は感嘆の声を上げたが、充も黙ってはいない。

「倫。俺の待ち受け画面を見せてやる」

彼はジーンズのポケットからスマホを取り出し、倫に待ち受け画面を見せた。

そこには、イルカを抱き締めながら泳いでいる充の姿があった。

雪人は、その姿が載った雑誌を新堂店長に見せられたことがある。「高本グループ」の海洋事業のＰＲ活動だ。

「みっちゃん！　イルカだっ！　僕、イルカに乗りたいっ！」

「こいつは俺の友だちだから、いくらでも乗せてやる。夏になったら海に行こうな」

「うんっ！」

この勝負、充の勝ち。

倫は充に抱っこをせがみ、充は軽々と充を持ち上げて肩車をしてやる。

うわー……。イルカを出してきやがった。子供のアイドル、癒やしの友。これは反則だー。イルカなら、俺だって一緒に遊びたい。

雪人もすっかりイルカに魅了される。

「雪人、帰るぞ」

「あ、ああ。……じゃあ、康一さん。また今度」

康一が何か言いたそうな顔をしていたが、雪人はまた今度聞けばいいと思った。

「昨日より部屋の中が光って見えますが……」

雪人は玄関に入るなり、眩しそうに目を細めて言った。

「ふ。まだまだ序の口だ。これからもっと綺麗になる」

「俺の仕事を取らないでください」

「休みで暇なんだ。黙々と家事をするのは楽しい。だから俺にさせろ」

充は雪人の腰に手を回し、乱暴に引き寄せて耳元で囁く。

「わざわざ囁くことですか」

「雪人が大事だから俺だけが触る」

「それもだめ…っ」

雪人は最後の「っ」で充の腕を引きはがし、胸の前で腕を組んで睨んだ。

「なかなかほだされてくれないな……。だが俺は胸の前でいずれは攻略できるだろう」

「なんでそう、偉そうなんですかね」

「偉ぶっているつもりはない。これはもう、俺の醸し出す雰囲気的なものだろう。ふふ」

そこで笑うなよ。格好いいじゃないか。

なんてことは言わないが、充の格好よさは堪能させてもらう。

「俺は雪人と約束したからな。だから俺は俺として恥ずかしくないよう、己を磨いたんだ」

「なんの約束？　なんかしました？」

「それも忘れたのか？　あんなに大事な約束だったのに。酷いな。酷い男だな」

充は自分から詳細を語ろうとせず、食材の入ったビニール袋を両手に持ってキッチンに向かう。

「子供の頃に『みっちゃん』と何か約束している？　充さんが自分磨きなんて言うくらい、大変なことを約束しました？　言ってください！　言ってくれなきゃ分からない！」

雪人は充を追いかけながら、大きな声を出す。

「けんかはだめだよっ！」

着替えて、うがいと手洗いを終えた倫が小さな体で踏ん張りながら、雪人に劣らない大声を出した。

「違うんだ、倫。これは喧嘩じゃない」

「じゃあなんでゆきちゃんは大きな声を出してるの？」

「なんでもないんだ。怖いことは何もないよ」

雪人の言葉に、倫は咎めるような視線で充を見上げる。

「みっちゃん、ゆきちゃんの言うことで合ってるの？」

「大人の話だ」

「でもかぞくだよっ！　かぞくは仲良くっ！　ひみつはないのっ！」

尻尾を揺らしながら両手を腰に当てる仕草が、生意気で可愛らしい。

充は荷物をダイニングテーブルの上に置くと、肩を竦めてため息をついた。そして、倫の目線に合わせるため、しゃがみ込む。成り行き上、雪人もしゃがんだ。

「雪人は俺に『大人になったら結婚する』と、プロポーズをしたんだ」

倫の目が丸くなり、雪人は床の上に転がった。

「けっこんっ！　みっちゃんほんと！」

「本当だとも」

「初恋相手だけじゃなかったんですか！」

「雪人は忘れていても、俺がすべてを覚えている……」

「凄いねえ……ラブラブだね……」

頼む。頼むから……それ以上、可愛い園児に愛だの恋だの言わないでくれ。

充の話を聞けば聞くほど、体の力が抜けていく。

雪人は渾身の力を振り絞って、やっとのことで起き上がった。

「ゆきちゃん、ないしょのけっこんなんだね」

「いつそんなことを言ったんだ、俺は……」

虚ろな顔で呟く雪人に、充は晴れやかな笑みを浮かべる。

「雪人が言ったのは本当だ。自分で思い出せ。そして自分の言葉に責任を持て」

「そうだよ、ゆきちゃん。約束したのに忘れるなんてひどいよ」

二人がかりで責められて、雪人は立つ瀬がない。

そんなの思い出せるかよ。タイムマシンで過去に戻らない限り無理だー。

雪人は眉間に皺を寄せて頭を抱えた。


卵と刻みネギ、焼き豚しか入っていないチャーハンなのに、なぜあんなに旨かったんだたし。

ろう。それにあの麻婆豆腐！　市販の素を使わずに、子供用と大人用の辛さの違う二種類をさっさと作っちゃうし。旨いし。蒸し鶏も変に鳥臭くなかったし。倫は喜んで手伝ってたし。

充の「レシピ動画の見よう見真似なので味は保証できないが」は、とんでもない。

雪人は一人で食器を洗い、充と倫は仲良く風呂に入っている。

『ゆきちゃんの料理も美味しいから！』

倫に気を遣わせてしまうなんて、情けない。

「いかんなー。充依存が始まったぞ。今夜はアイロン掛けに専念しよう」

最後の皿を洗い終わったところで、雪人はため息交じりに呟いた。

「あ、倫の弁当箱も洗わないと」

雪人は手を伸ばして、カウンターに置きっぱなしの小さなカバンを掴む。

パンダの絵が描かれた楕円形の弁当箱を取り出して、蓋を開けて中を見た。

「フォークしか入ってない。綺麗なもんだ」

雪人は弁当に仕切りはあまり使わない。しっかり水切りした小松菜やレタス、野菜を器代わりにして、色どりよく配置した。

倫の嫌いなものは入れない、配色にも気を配っている……と自負していたが。

充の作った弁当を初めて見たときの、倫のはしゃぎっぷりを思い出す。

負けたというよりも「この技術は？」と驚いた。焼き海苔をウサギやクマの形に切るなんて無理だと思っていたが、それ用のパンチが売っていることは知らなかったのだ。

ちゃっかり「高本グループの文具の会社に調理用のパンチも作らせた。試作品だ」とアピールされた。

それからは雪人も、率先してパンチで海苔や野菜、チーズを打ち抜いて可愛い弁当作りに励んでいる。

「ごめんな、倫。俺はもっと努力する」

「……どうしたの？　ゆきちゃん、なにか悪いことした？」

いつの間にか、空の弁当箱をずっと見つめていたらしい。頭にタオルを載せたパジャマ姿の倫が、きょとんとした顔で雪人を見上げている。

「充さんの作る弁当は可愛くて旨いよな」

「うん。でもゆきちゃんのご飯も美味しいよ！　同じぐらい！」

「そっか。嬉しいな」

「三菜子(みなこ)先生と幸恵(ゆきえ)先生が、『倫君のお弁当はいつも美味しそう』って誉めてくれるから、僕はいつも美味しいよって言うの」

嬉しくて照れくさい。

雪人は顔をニヤつかせさせながら倫の弁当箱を洗い始める。

「ジュース飲んでいい？」

「一杯だけだぞ？」

「うん。自分でできる。これくらいは一人でできないとね！」

大人ぶっているが尻尾が焦るように揺れている姿が可愛い。

雪人は「気をつけて」と言って、倫を見守った。

「今夜という今夜は、キッパリと言わせてもらいます。一緒に寝ようとしないでください。俺が寝るのは客間です。そこが今の俺の住まいですから」

風呂に入った雪人は倫を寝かしつけてからリビングに戻り、ソファに寝転んでニュースを見ていた充に言った。

「なぜだ」

「どうしても」

「いずれは親子三人、川の字になって寝たいと思っているその予習だと思え」

充は体を起こし、当然のように言う。

「壮大すぎる夢は叶わないと思います」

「無理を可能にするのが俺だ」

「今回ばかりは無理です」

「俺としっかり約束したことを忘れてるくせに、偉そうなことを言うな」

「だったら教えてください。そうしたらきっと思い出す」

「雪人が自力で思い出さないと、意味がない」

充はソファの背にもたれ、天井を見上げながらため息をつく。

しかし、照明カバーに汚れを見つけた途端に落ち着きがなくなった。

「どうした？」

「汚れを発見した。いい機会だから明日から天井の掃除もしよう」

「今は休暇中ですから、ほどほどに。俺は今からアイロン掛けにいそしみます」

雪人は立ち上がって玄関横の納戸にしまってあるアイロンとアイロン台を取りに行こうとしたが、充に腕を掴まれる。

「あの」

「それくらい俺にさせろ。休暇中だ」

「何もかも充さんにさせていたら、俺の仕事がなくなります。ここにいる意味がない」

「バカだな雪人。俺のそばにいるだけで、お前の仕事は成立している」

充は乱暴に雪人を引き寄せて、自分と向き合うように膝の上に乗せた。

「なんで俺は社長の膝の上に乗ってるんだか……」

「気にするな。そして俺は雪人の傍から二度と離れない。約束する」

充は雪人の声を無視して、彼を熱い視線で見つめながら言う。

「なんでこう……」

俺の話を少しも聞かない大人に成長したんだ、みっちゃん。昔は俺の言うことをなんでも聞いてくれたのに。可愛らしく頷いてくれたのに。

雪人は睨むように充を見た。

なんとなく温かな気持ちになっていくのは、彼の目の色が「みっちゃん」と同じだから。

充の目を見つめて大人しくしていたら、右手の甲にキスをされた。

目の色に見惚れて、キスに怒るタイミングをまたなくしてしまった。

「雪人は、俺が一生愛してやると誓った大事な男だ。だから、俺以外の人間に呼び捨てを許すんじゃない」

「それはもしや、康一さんのことを言っているのですか？」

「あー、ムカつく。その名前。お前が名前で呼んでいいのは、俺と倫の名前だけ。分かったな？」

「バカ社長」

雪人は、キスを受けた手で充の頭を力任せに叩いた。

雇用主にする言動じゃないのは重々承知しているが、つい口と手が先に出た。

「なぜ叩くー」

「気味の悪い嫉妬をしないでください」

「嫉妬を軽く見るんじゃない。太陽のように熱く燃えるそれは、惨劇のプレリュード」

「俺はモテません。そもそもモフじゃないですし」

「種類は関係ないだろ？　大事なのは普段の言動だ」

「しかし俺は……」

「俺は、そんなことは気にするなと言ったはずだが？」

充がふわりと微笑み、雪人に顔を近づける。

しかしタイミング悪く、雪人のスマホの着信音が鳴り響いた。

「あ、電話……」

「無視しろ、無視」

「新堂さんだったら困るので」

「恋人同士の語らいの時間だぞ？」

「俺たちは『雇用主と従業員』です」

「頑なすぎる……」

雪人は強引に充から逃げようとするが、彼はいきなりキスをして阻止する。

「ん……っ」

頭を押さえつけられると同時に口腔に舌が進入した。

充の舌は器用に動き、すぐさま雪人の舌を捕らえて愛撫を始める。

「う……ん……っ」

柔らかで心地いい動きに、雪人は思わず瞼を閉じた。

触れ合った唇は、火がついたように熱い。

「は……っ」

口腔を優しくくすぐられると、別の場所まで熱くなる。

雪人は充にキスをされて気色悪いと感じるよりも、唇以外の場所も触れてほしくなった。

なのに充は、ゆっくりと唇を離す。

「あ……」

雪人は目尻を真っ赤に染め、潤んだ瞳で充を見つめた。

「昨日したばかりだから、今日はキスだけで許してやる」

な……なんだこの人っ！　偉そうにっ！

雪人は乱暴に唇を拭って、眉間に皺を寄せる。

「でも、我慢できないなら……俺がとことん愛してやる。どうする？　お前の中に入って、体の中から気持ちよくすることもできる」

「そんなこと……言う……な……っ」

耳元で囁かれているだけなのに、雪人の体はどんどん熱を増した。

体の芯がうずき出し、充の申し出に頷いてしまいそうになる。

「体の相性がいいとすでに証明されているのだから、それをもっと試したい。そしてお前の頑なな心を柔らかくほぐしてやりたい」

「もう言わないでください。俺は……」

「好きだよ、雪人。愛してる」

「俺は充さんなんか……」

続きの言葉は充のキスにのみ込まれた。

さっきとは打って変わって乱暴で激しいキスは、雪人の下肢の熱を一気に灼熱にする。

パジャマの上からでもはっきりと分かるほど、陰茎は形を変えて布に染みを作った。

「ん、んん……ぅ…っ」

雪人は今、充のキスに翻弄されて欲望を滾らせる。

充は右手を雪人の下肢に伸ばしてパジャマの中に指を忍び込ませると、彼の陰茎を直に握って扱き出した。

「あ……っ」

酸素を求めて離れた唇から、甘ったれた声が漏れる。

「なんで充さんは……俺の言うことを……聞いてくれないんだ……よっ」

「雪人が抵抗しないから。……ここはもうとろとろになってるぞ。音で分かるか？」

自分の股間から粘り気のある湿った音が響く。

雪人は羞恥で顔を真っ赤にし、充の囁きを聞かないように首を左右に振った。

自分ばかり快感を引き摺り出されるのが悔しい。なのに抵抗できない。

「充さんの……バカ……っ」

「こんな丁寧に愛しているのに、バカはないだろう？　それとも、まだ足りないのか？

ここを……こうすればいい？」

「ひぁ……っ……あ、あ、あ……そこ……だめ……っ……だめだ……っ」

敏感な先端の縦目を指の腹で何度もスライドされ、快感が背筋を貫く。

「やだっ、こんな……恥ずかしい…ところ、充さんに見られたくない……っ」

「俺に見られて感じてるのに？　どこまで雪人は強情なんだろう」

「や、やだ……だめ、だめだから……っ」

優しい声とは裏腹に、刺激はどんどん激しさを増す。雪人は「だめ」と言っている相手にしがみつき、快感に体を震わせた。

「顔を見せろ。でないと、昨日と同じことをするぞ？　ん？　どうする？」

充に後孔を貫かれ、陰茎を扱かれながら、あられもない姿で達する。一時の快感に流されたあとは、自己嫌悪と充に対する怒りで頭の中がいっぱいになる。それを再び味わったら、もう充が相手でなければ満足できないだろう。

雪人は顔を上げ、快感に潤んだ瞳で充を睨んだ。

「あんな恥ずかしいこと、もう、しないでください」

「分かった。今夜はしないよ、雪人」

微笑む充は信じられないほど綺麗なのに、彼の指は雪人の蜜でとろとろに汚れた。

今日は一週間でもっとも売り上げがある金曜日。

「ハイツリー本店」の休日は特殊で会社員の休日に合わせているので、土日は休みな上に月曜は祝日なので三連休。

スタッフのテンションは下ごしらえの時間から高かった。

「もしよかったら、村瀬さんと飲みに行きたい！」

「飲むのは構わないが……店が終わったあとからだと深夜じゃないか」

「翌日はどうですか？」と提案したスタッフに、他のスタッフも「それいい！　参加します！」と声を上げる。

そういえば、誰かと騒ぎながら飲むなんて久しぶりだ。

雪人は「じゃあ、ちょっと待って」と言って、その場で充に電話をする。

結果から言うと、充の返事は「明日の夜だな、分かった。たまには羽を伸ばしてこい」だった。

そう言ってくれたのはありがたいが、なんだかモヤモヤするし寂しい。

だが、スタッフたちが「楽しみ！」と大声を出したので、湧き出たモヤモヤと寂しさは胸の奥に引っこんだ。


翌日の夕方、「行ってらっしゃい」と雪人に手を振ったあと、充と倫は夕飯の支度を始めた。

充は倫の幼稚園の話を聞きながら、何度も「そうか」と頷き、そして笑った。

倫は倫で、充が自分の話を聞いてくれるのがとても嬉しかった。彼の笑顔は、母の笑顔によく似ていたからだ。

「ゆきちゃんと一緒に住んで、ゆきちゃんとご飯を食べないのは初めてだ」

倫はそう言うと、俵形に握られたおにぎりをほおばった。

今夜のテーマは卓上ピクニックで、テーブルのおかずは鶏の唐揚げと卵焼き、卵サラダの他に、カリカリのポテトフライやウズラ卵のフライが並べられている。

「そうか。……ほら、お前の好きなナスの漬物もあるぞ」

「ん。……こういうのを、羽を伸ばすっていうんでしょ？」

「ははは。その通りのことを言ってやった」

「あのさあ……」

倫はナプキンで口を拭いてフォークを掴み、向かいに腰を下ろしている充を見上げた。

「ん？　どうした？」

「ゆきちゃんって、仕事ばっかり。遊びに行けないのって、つまんないと思うんだよ。いつもがんばってたら、たおれちゃうんじゃないかなー。みっちゃんだってお休みをいっぱいもらったんだから、ゆきちゃんも休んでほしい」

大人びた口調で言い、外見に似合わないため息をつく。

「俺がいるから雪人は倒れたりしない。遊びにだって、みんなで行くぞ。ちゃんと休んでもらう。だからお前は、まず目の前のごちそうを食べることだけを考えろ」

低く落ち着いた充の言葉に、倫は小さく頷いて笑った。

「そうだよね。みっちゃんはゆきちゃんとラブラブなんだよねー。ないしょのけっこんでしょ？　ずっと僕たちと一緒にいてくれるよね？　イルカとも遊びたい」

「当然だ」

「みっちゃん。僕、お風呂上がりにアイスが食べたいな」

「コンビニで買っておいたのと、雪人が密かに作っておいたのと、どっちが食べたい？」

「ゆきちゃんが作ったアイスっ！」

手作りアイスを食べるのが初めての倫は、目を輝かせて大きな声を出した。

「……そして、王子様とお姫様は、末永く幸せに暮らしました。………多分」

充は最後に余計な一言を付け足してしまったが、読み聞かせていた倫はとうの昔に夢の中だった。

倫は充の胸に顔を押しつけるようにして、体を丸めて眠っている。その姿は、猫の子のようで凄く可愛い。

充は倫の頭を優しく撫で、額にキスをしてからベッドから静かに出る。そして自分の代わりに、使い古されたクマのぬいぐるみを傍らに置いた。

雪人はまだ帰ってこない。

羽を伸ばしているのか羽目を外しているのか、十時半を回っても帰ってくる気配さえなかった。

「縫い物でもするか」

倫のスモックは、何かに袖口を引っかけたのかかぎ裂きができていた。それを繕ってやらなければ。それと、プリントに書いてあった寸法で、新しい体育袋を作って名前を刺繍し、アップリケもつけてやろう。

体操袋は市販のものでも構わなかったが、園児の持ち物は手作りが多い。

「手縫いだったら詰んでいたが、ミシンなら問題ない。寸法通りに切って縫えばできる。袖口のかぎ裂きも、ミシンで直せそうだ」

しばらく暇だから、この際ミシンも極めてみようか。

そんなことを思いながら、充はぐっと伸びをしてリビングに戻る。

そのとき、リビングのソファに放っておいたスマホが鳴った。夜のリビングでは、意外に音が響く。

「まずいな、この音は」

充は着信設定をバイブだけにしておかなかった自分を叱咤しながら電話に出た。

「はい」

突然、倫が大声で泣きながら子供部屋から出てくる。

倫は何度も「おかあさん」と母親を呼びながら、リビングを歩き回っていた。

『もう一件寄ります……と思いましたが、すぐ戻ります』

「いや、いい。大丈夫だ。こっちは気にするな」

『倫が泣いてます。泣き方がいつもと違う。すぐ戻ります』

電話の向こうの声は酷く焦っていた。

「分かった」

充はそう言って電話を切り、泣きながらリビングを歩き回っている倫を抱き上げ、背中を優しく叩いた。

「どうした？　ん？　怖い夢でも見たか？」

「おかあさんいないっ！　夜に電話が来ると、おかあさんがいなくなるのっ！　おかあさんいないの！」

倫は泣きじゃくり、力任せに充にしがみついて甲高い声で泣く。

「僕一人だよっ！　こわいよ……っ……こわいよぉ……っ！」

「怖くない。俺がいる。みっちゃんがずっと一緒にいてやるから、泣くな」

倫は、夜遅くの電話で母の死を知った。だからこんな過剰反応をする。

「倫、泣くな。俺が傍にいてやるから、怖くない」

充は倫を安心させるように力強く抱き締め、髪にキスをしたり背中を優しく叩いてやったりしてあやす。

「みっちゃん、ねえ、ゆきちゃんがいないよ……っ。ゆきちゃんも……いなくなっちゃった？　ゆきちゃん、ゆきちゃんっ！」

「はいはい。ゆきちゃんはすぐ帰ってくる。倫はいい子にして待ってるんだろ？　泣いてちゃおかしいぞ？」

「うぇぇ……っ」

倫は涙と鼻水でグショグショになった顔を、充のパジャマに擦りつけた。

「怖くない。みっちゃんと一緒に、ゆきちゃんが帰ってくるのを待とうな？」

「うん……っ」

静まり返った部屋では余計怖いだろうと、充は倫を抱えたままソファに腰を下ろし、テレビのリモコンを操作する。そして、なるべくにぎやかなバラエティー番組を選んだ。

「倫……っ！　倫に何があったんですか！　充さんっ！」

最寄り駅からずっと走ってきたのか、雪人の身なりはかなりだらしなくなっていた。髪はボサボサ、コートを小脇に抱え、トラウザーズからはシャツが出ている。

彼は息を切らしながらリビングに現れた。

「静かに。倫は泣き疲れて眠った」

「……あ」

充の腕の中で、倫は無邪気な表情を浮かべて小さな寝息を立てている。

「よかった。……俺はまた……酷い怪我でもしたのかと……」

雪人は崩れ落ちるようにその場に座り込むと、何度も深呼吸をした。

「倫の母親が死んだのは夜だ」

「………そうだったんですね」

「母親と一緒に事故に遭った倫だけはかすり傷で済んで、一通り検査が終わってから、俺が病院から家に連れて帰った。母親は手術のあとに集中治療室に入った。そして、丁度今ぐらいの時間に、病院から電話が来たんだ」

雪人の顔から血の気が引いた。

「同じことを……俺がした」

「スマホの着信音をオフにしておかなかった俺が悪い。雪人に『この子の母は死んでいない』としか知らせてなかった俺が悪い。とにかくつまり俺が悪いんだ。驚かせて申し訳なかった」

「違う。なんでそんなに俺に謝るんですか。何も知らない俺が悪いんだ。ごめんなさい。これからはもっと俺に、倫とあなたのことを教えてください。ごめんなさい」

「謝るな……と言いたいところだが、そう言ってくれると嬉しい」

笑う充のモフ耳はしゅんと垂れて、尻尾もしょんぼりと垂れている。

モフならモフ耳とモフ尻尾の感情の抑え方は習うだろう。しかも充は資産家一族の一人だ。人一倍そういうところは躾けられてきているに違いない。

けれど、彼の心が露わになった今の姿は、とても好感が持てた。


充が子供部屋から戻ってきたとき、雪人は床の上で正座をしたまま酔いを醒ましていた。いやすっかり醒めていたのだが、気持ち的に正座をしていたかった。

「座るなら、こっちに座れ」

雪人は充の言うことを素直に聞いて立ち上がった。

ダイニングのいつもの席に腰を下ろして充が口を開くのを待ったが、彼はそのままキッチンへと移動する。

「座って」

「は、はい」

点火されたコンロから香ばしくていい匂いしてきて、雪人の鼻腔をくすぐった。

鍋で何を煮ているんだろう。

「充さん。俺はその……飯は……」

「俺も食べるから、一緒にな」

充は両手に持っていたどんぶりをテーブルに置く。

「だって……酒飲んできたし……」

どんぶりの中には、俵形の焼きおにぎり。

充はそこに熱々のだし汁を注いでゴマを振る。

これを見せられたら、食べないわけにはいかない。というか、我慢する方が辛い。

雪人は箸を受け取って、充特製の「だしおにぎり」を口にした。

香ばしい焼きおにぎりが口の中でほろりとほぐれて、鳥出汁と混ざり合う。白髪ネギのほのかな辛（から）みが、それによく合った。

旨いと思う前に手と口が動く。雪人は一気に腹の中に収めると、箸とどんぶりをテーブルに置いた。

充はまた口をつけたばかりなのに、ちょっと恥ずかしい。

「なんでこんなに……旨いんでしょう」

「倫の母親のレシピだ。あの子は料理がヘタで、これしか作れなかったんだ。でも、だし汁は最高だろ？」

「凄く美味しいです」

「どうだ？　落ち着いたか？」

それはむしろ、俺があなたに言ってあげなければいけない言葉だ。

雪人は「はい、お互いに」と言って小さく頷く。

充は目を丸くして、何度か瞬きをした。

「そうか……お前がいてくれてよかった。その……なんだ、ありがとう」

礼を言う充の頬がじわじわと赤くなり、しまいに耳まで赤くなった。モフ耳はピンと立ち上がって尻尾の先が優雅に揺れる。

「そんなに、喜ばれるとは……」

「いや、なんというか、俺は本当に、嬉しい」

「そうですか。よかったです」

充の照れが移ったようで、雪人まで顔が赤くなった。

ずっと約束していた遊園地に行く日。

週間天気予報では土曜は曇りで「雨じゃない。まだ大丈夫」だった。

週間天気予報は、週末が近づくにつれてどんどん傘マークのつく日が増えていった。

倫の「晴れますように」という願いもむなしく、日曜日は朝から土砂降り。

「かんかんしゃは箱でできてるから、雨でもぬれないと思うんだけどなー……」

昼食を食べたあと、倫は窓ガラスに顔を押しつけ、恨めしそうに呟く。

「こんな雨じゃ、観覧車も運転中止だ。また今度行こう。今度」

雪人は倫の隣にしゃがんで優しく諭した。

「今度っていいつ？　何回ねたら今度になるの？」

「来週だから、あと七回？」

「そっか、つまんない……」

倫が頬を膨らませて呟いたとき、訪問を知らせるチャイムが鳴った。

「俺が確認する」

倫のためにぬいぐるみを編んでいた充が立ち上がり、リビング横に設置してあるインターホンに向かう。

「お願いします」

「僕も、誰が来たのか見る！」

倫は弾かれたように飛び出し、充の脚にまとわりついた。

モニターに映っていたのは康一だ。背後にはエントランスのオシャレな壁画が見え隠れしている。

「…………なんであの男が」

「だれ？　ねえ、だれ？　僕にも見せてっ！」

倫が足元でうるさいので、充は彼を抱き上げた。

「あーっ！　康一せんせえだっ！　みっちゃん、早く開けて開けてっ！」

モニターを見た倫は、両足をばたつかせて「開けて」を連呼する。

「本当に開けるのか？　何も約束してないだろ」

「みっちゃん……僕『こやぎ』じゃないから大丈夫」

倫は、昨日の夜に雪人に読んでもらった『狼と七匹の子山羊』を思い出して笑った。

「相手の思惑が分からない」

「みっちゃんの顔、こわい……」

床に下ろされた倫は、眉間に皺を寄せて充を見上げる。

「何をしてるんですか？」

いつまで経っても戻ってこない二人を不審に思い、雪人まで玄関にやってくる。

「ゆきちゃんっ！　康一せんせえが来てるのっ！　でもみっちゃんが開けてくれないっ！」

雪人は渋い表情で充を見つめた。

「また充さんは、子供みたいなことをして」

「あいつは敵だ」

「はいはい。どいてどいて」

雪人は充の言葉を無視して彼を脇に追いやると、ロックを外し「奥のエレベーターに乗って、光っているボタンを押してください。それでここのフロアに到着しますので」と説明した。

「いきなり訪ねてきてしまって申し訳ない」

ドアの外で待っていると、まもなく康一が現れたが、全身ぐっしょりと濡れて、大きな荷物を載せた台車が傍らにあった。

「どうやってこの住所を知ったかは聞かないでおきますが、一度だけです」

「分かってます。本当に分かってます。すみません。見逃してくれてありがとう雪人さん。二度はありませんから。今回のことは父にはご内密に。はやる気持ちを抑えきれなくて……」

「とにかく、早く中に入って着替えてください。風邪をひきます」

「倫君にプレゼントがあるんだ。これをまず渡さないと！」

康一はにっこり微笑み、倫を見た。

「僕に？　なに？　先生」

「熱帯魚と飼育セット」

その言葉に、倫は歓声を上げて跳び上がった。

充が顔に「不満」と書いている横で、雪人はダイニングテーブルにケーキと紅茶のセットを用意する。

「カルキ抜き剤を入れれば、すぐに水道水が使えるんですね」

「水のくみ置きができれば一番いいんですけどね。……まずは水合わせをして、魚を水槽の水になじませてあげましょう」

砂利と水草、アクセサリーの整った水槽の中に、ネオンテトラが入ったビニール袋を入れる。それを水槽の端に固定して、康一はそのビニールに何ヶ所か切り込みを入れた。

「へーっ！　凄いねーっ！　こんなことをするんだー」

倫は熱帯魚に夢中で、瞬きを忘れる。

「よかったな、雪人。おやつの前に、まずは手を洗ってこい」

雪人の言葉に、そのまま席に着こうとしていた倫は、康一を見上げて「せんせえも一緒にね」と、洗面台に連れていった。

「勝手に俺たちの愛の巣に入ってきやがって。図々しいにも程がある」

「倫のために持ってきてくれたから、そこは喜びましょう」

水族館や海に連れていくのではなく、家に水槽を設置するという手もあったのだ。

雪人は、爆発しそうなほど喜んでいる倫を見てそう思った。

充など「俺が最初に買ってやりたかった」と今もブツブツ言っているが、充が水槽と熱帯魚を用意したら水族館規模のものが届きそうだ。

掃除をするのは自分だろうから、それは勘弁してほしい。

「はいはーい！　ゆきちゃん、ちゃんと手を洗ったよ。ケーキ食べていい？」

「美味しそうなケーキですね」

笑顔の倫と康一を前にして、充が「雪人の作った特製イチゴケーキだ」と、彼に代わって威張る。

「はい。いただきます！」

美味しい紅茶とケーキを腹に入れた倫は、すぐに水槽に向かった。

もう土砂降りの外に興味はないようだ。

それはいいのだが、問題が一つ残っている。

「……でね、雪人さん。もしよかったら、私と一緒に暮らしませんか？　保育士の資格を取って一緒に園を盛り上げていきましょう。そうすれば倫君とも会えます。二人の将来を真面目に考えていきませんか？」

ふわふわとパンダの小さな耳が動く。それは可愛い。

しかしこれっぽっちも心に響かないなパンダ耳。

「康一さんがそう思ってくださるのは嬉しいのですが、今のところ俺に引っ越の予定はありません。でも、倫の将来を語り合うのはいいですね」

「ついでに、私たちの将来も語り合いましょう」

「それに俺は今の職場で十分満足しているので、転職は考えてません……」

「私に永久就職というのはどうです？　雪人さん」

康一は両手を胸に当てて、すっと雪人に顔を近づける。

雪人は彼が近づいた距離だけ後ろに下がって言った。

「俺は今の仕事が好きなので、できるなら『ハイツリー本店』に定年まで勤めたいと思っています。再雇用制度があるので、再雇用もしてもらえればと……」

「あー………、そ、そうではなく、ですね。でしたら、まずはお友だちから始めましょう」

　康一はあからさまに落胆すると、弱々しい微笑みを浮かべる。

「黙って聞いていれば何を言っているんだ、このクソパンダ」

「雪人さんは誰の恋人でもないのだから、私が積極的になっても問題ないと思うが？　オオカミ野郎」

　康一は充を睨みつけ、充は「だからどうした」と言い返した。

「喧嘩は勘弁してくださいね。あと一つ聞いておきたいことがあるんですが……康一さん。水槽と熱帯魚は、俺の気を引くためとか、ここに来る口実だったたんですか？　正直に言ってください」

　雪人はすっと真顔になって尋ねる。

「両方です。でもその、水槽や金魚はわざわざ買ったものではなく、うちに放置してあったものです。小さくて使わなくなったので。魚は、父が別の魚の餌にしたいと言い出したので救助しました。それで、この間のイルカの話から倫君の顔が脳裏に浮かんで、……その、いろいろと考えて」

「はい、分かりました。倫を喜ばせてくださってありがとうございます。でも、俺のことは気にしないでください」

　正直に言ってくれたのはありがたい。

　半分やましい気持ちがあったとしても、残りの半分で倫を喜ばせてくれた。この贔屓が外に漏れたら大変なことだが、今いるメンツなら問題ないだろう。倫にはあとで「絶対に秘密のお魚」と約束しておくと決めた。

「気にしないでと言われても」

「俺は今のところ、誰かと付き合う気持ちは全くありません。すみません。俺を好きになってくれてありがとうございました」

　康一が「私は振られたのですね」と囁くように言い、雪人は頷いた。

「そうかー……だめかー……。残念だけど、ここでしつこくして嫌われるのはつらいので、では、今まで通りの友だちということで」

　あれ？　今まで俺たちは友人関係でしたっけ？

　なんて思いつつ、ここで突っ込みを入れたら話が長くなりそうだったので、「はい、友人のままで」と答える。

「まあうん、よく考えれば友人の方が長く付き合えますもんね。恋人になったら、いつ別れがくるか……。ものは考えようですね」

「そうですね」

ちょっと変だが、取りあえずは前向きな人でよかった。

雪人は心の中で安堵する横で、充が「友人ということは、俺とも友人になるな……」と低く呻いた。

それを聞いた康一もはっとした顔になる。

なんなんだもう、この人たち。子供か……！

「友だちが増えるのはいいことですよ」

雪人は睨み合う二人に言い聞かせるように、そう言った。


あれから倫は「絶対に秘密のお魚」という言葉が気に入ったようで、誰にも秘密にしておくことに使命感を感じてくれた。

充は「あの男が置いていったものではあるが、魚に罪はないからな」と言って日中の世話を買って出てくれる。

雪人は「追加で水草を入れる？　アクアリウム的な？」と提案しては、倫に「お魚が見えなくなっちゃうから、今のままでいいよ」と笑顔で却下されていた。


今夜は「ハイツリー本店」にとって大事なお客様が来店するとのことで、いつもは下ごしらえで早退している雪人は、厨房の責任者として料理を作ることになった。すべてを承知の充に倫の送迎と世話を頼み、久しぶりに営業中の「ハイツリー」厨房を官能する。

スタッフたちの動きも良く、活気があった。

「村瀬さんにはここの厨房がよく似合う！」「久しぶりの村瀬さんを見て感動で泣きそう～」「分かる」と言いながら食材を調理していくスタッフたちに「無駄口を叩かない！」と叱りつつも、雪人も笑顔のままだ。

やっぱり俺の職場は、ここなんだな。

包丁を右手で持ったまま再確認する。

その間もオーダーが次から次へと入ってくる。

「……だし巻き卵とおにぎり？　なんで？　変なオーダーだな」

キャストが持ってきたオーダー票を見て首を傾げたら、「なんか、村瀬さんが厨房にいるって話がお客様に伝わったようで、庶民的なオーダーが入りました」と説明された。

「はあ」

「ごめーん、村瀬さん！　こっちは小田巻蒸し！　ところで小田巻蒸しって何？」

「茶碗蒸しにうどんが入った料理。本当にそれを作っていいのか？　鴨肉の冷製やカプレーゼでなく？　……うちの店は結構特別な高級クラブだったような気がするんだが、それでいいのか？　ほんと」

材料はあるから作れるが、スタッフが読み上げるメニューが面白すぎる。

「うわ！　入りましたよ、海鮮あんかけ焼きそば！」

「こっちも同じヤツ！　俺たち頑張って皿を用意しますから、村瀬さん、海鮮あんかけ焼きそばを頼みます！」

「お、おう。分かった。順番に片付ける」

いつも高級なものを食べているから、たまには庶民的な味わいの料理が食べたくなるんだろうな。きっと。

雪人は鰹節でだしを取って、だし巻き卵と小田巻用に分ける。

「二番出汁は牡蠣の炊き込みご飯に使うから、土鍋を用意してくれ」

「オーダー入ってないですけど、いいんですか？」

雪人が「今夜は多分、すぐにオーダー入ると思うぞ」と言ったそばから、キャストが「ご飯物で、炊き込み的な何かできますか？」と聞いてきた。

「牡蠣の炊き込みご飯なら用意できます」と言ったら、キャストはすぐに「お客様は絶対に食べるから待つ、そうです」といい返事をもらってきた。

「うは。村瀬さんは本当になんでも作れるんだな」「俺たちも頑張ろう！」とスタッフたちの声が聞こえてくる。

洗い場のバイトたちが「今夜のまかないはいつも以上に楽しみ～」と浮かれていた。

まかない飯は午前0時に店を閉めてからだが、クラブの近所に住まいのない、終電との闘いになるバイト学生たちには弁当を持たせる。雪人がフルで勤めていたときは、弁当を作るのはいつも雪人だった。

丁寧に卵を崩し、冷ましただし汁と合わせて一度濾す。それからさっと油を引いた銅製の卵焼き器に入れて、手際よく形を作っていく。

その横でスタッフたちは小田巻用のうどんを茹でたり、ホタテをスライスしていた。

もう誰も騒がず、無駄口を叩く者もいない。

みな自分の仕事を黙々とこなしていく。

キャストに「まるで職人だわ。ここクラブだけど」と突っ込まれても、今の厨房スタッフの耳には入らない。

配膳スタッフが足りなくなると、雪人たち厨房スタッフも客室に配膳した。

するとみな「村瀬君の顔が見たいなあ」と言うので、雪人は「客は大事だからな」とエプロンを外して客室に向かった。

常連客たちは、まるでしばらく会えなかった孫に接するように「給料は足りているか？困ったときはすぐ言いなさい」と言ったり、「いつになったら厨房に戻ってくるんだい？」と文句を言い、笑顔で雪人を構う。

みな立派なモフだ。雪人に小遣いをあげようとしたモフの老人は希少なユキヒョウのモフで、雪人はその太く立派な尻尾に触りたい欲求を隠すのが大変だった。

逆にライオン系のモフは尻尾よりも鬣のような豊かな髪を撫でたくなる。

「ではみな様、ご歓談くださいませ。失礼します」

順番に客室を回り、最後の部屋のドアを閉めて息をつく。

トラウザーズのポケットには「チップだよ」と入れられた一万円札が何枚もあった。

雪人はこの「チップ」というのに慣れなくて、自分だけが得をした気分になって罪悪感でいっぱいになる。キャストたちに「黙ってもらっておけばいいのです。断るのは失礼です」と言われてからは受け取るようになったが、大体いつも厨房スタッフに「帰りは寒いからタクシーを使え」とタクシー代に渡して消えた。

今回もそれでいいか。

そう思っていたら、新堂店長が「頑張ってるね～」と声をかけてきた。

彼はにっこり糸目の笑顔で、機嫌よく尻尾を振っている。

「お疲れさまです。何かいいことありました？」

「うん、あったよ。まさか小田巻蒸しを出してくれるとはねえ。メニューにないのに」

「あの面白オーダーが、店長が接客していたお客様のオーダーだったんですか！」

「そうそう。本日の一番大事なお客様だ。大変喜んでくれたよ。ほんと、うちはクラブなんだけどね」

店長は「でも普通のクラブと違うからいいか」と笑った。

「……店長が喜ぶレベルの大事なお客様か。充さんは顔を合わせなくていいんですか？」

「顔を合わせたら喧嘩になるからいいの。あそこの親子喧嘩は派手だからね～」

親子、ですと？

つまり充さんの親が客としてやってきたということか。そりゃ大事なお客様だ。

雪人は表情を強ばらせたまま「あはは」と笑う。

「ご両親とうちの社長は折り合いが悪くてね。間に誰か入らないと進む話も進まない。兄弟仲も……以前はそんな良くなかったけど、末の妹さんが亡くなってから仲良くなったというか、それとなく助け合うようになった」

「新堂店長は物知りですね」

「だってあそこの兄弟はみんな俺に相談しに来るからさ。あげくの果てには親まで『充はどんな具合だい？』って俺に聞くの。今度顧問料でも請求しようかと思ってる」

「それは新堂店長が信頼されているからですよ」

「そうかなあ。でも。ま、君と彼が上手くいったら、俺に来ていた相談事の殆どは君にいくからよろしくね」

「は？」

いやいや、それはありませんて。

雪人は首を左右に振ろうとしたが、なんとなくできなくて愛想笑いを浮かべた。


「あー……電気がついてる」

深夜一時半に帰宅した雪人は、照明が眩しくて目を細めた。

明るいリビングでは、充がソファに寝転がって「お帰り」と手を振っている。

「だらしないオオカミですね。尻尾が潰れてますよ、勿体ない」

「せっかく俺が迎えに行くと言ったのに、断るなんて……」

「終電には間に合う時間でした」

「最寄り駅から自宅マンションまでの距離でなにか起きたらどうする」

「このマンションは地下鉄液直結で、とても安全です。それに、あなたのご両親と鉢合わせの危険もありましたよ」

充の眉間に皺が寄った。

「それ、店長から聞いたのか？　というか、あの人しかいないよな。マジか。人の店になんの用なんだ？」

「俺は厨房にいたので、詳細は知りません。が、機嫌が良かったと店長から聞きました」

「……文句でなければいい。何か食べるか？　それとも店で食べてきた？」

「ありがとうございます。でも店で食べてきました。手、洗ってきますね」

「そうか」

充が暢気に返事をして「くあ」とあくびをした。

寝ぼけたオオカミのようでちょっと可愛い。

手を洗ってうがいをしてから自分の部屋で部屋着に着替えて、リビングに戻る。

「倫の世話をありがとうございました。店は今夜は大盛況でした。フルタイムで働くと『仕事してる』って気持ちになります」

「倫が小学校に入ったら店に戻すから、それまで待て」

となると、あと二年近くは、「ハイツリー本店」でのフルタイム出勤は不定期ってことか。なるほど。

雪人は軽く頷いて「倫の成長を見られるのは嬉しいです」と言った。

「最近は俺もそれを実感している。子供の成長は瞬く間だと実感した」

「写真を撮ったり動画に収めたりするのもいいと思いますよ。写真といえば、ネットのまとめ記事で、毎年同じ場所で写真を撮り続ける家族というのがあって、あれは感慨深かったです」

すると、ゆるく垂れていた充のモフ耳が、ピンと立った。

「いいな、それ!」

「はい。倫と二人で撮ってはどうですか? 写真なら俺が撮りますよ。なので七十歳で再雇用もお願いします」

最後は冗談だが、伯父と甥の写真を撮り続けるのはいいなと思った。

充が結婚し、やがて倫も結婚し、子供が生まれて家族が会える。それを毎年写真に収めるのは、きっと幸せなことだろう。

うん、確かにふわふわとした気持ちになりそうだ。でも、なんかこう……うら寂しく思うのはなぜだ?

雪人は気がついたら深く長いため息をついていた。

「なんだ、そのため息は。こっちは七十歳再雇用どころか死ぬまで一緒にいてもらいたいと思っているのに」

「はは。包丁を持てるまでは頑張ります」

「そうじゃなくて……あのときのプロポーズの返事をだな……」

「子供の約束ですし、そもそも言ったかどうかすら忘れているんですが」

「幼い俺の心を弄んだのか。酷い男だな」

「人聞きの悪いことを言わないでください。……ちゃんと思い出しますから。俺がどういう状況でプロポーズしたのか」

みっちゃんのことはちゃんと覚えていたのに、プロポーズを忘れているのはおかしい。あの可愛いみっちゃんにプロポーズしたのだ。忘れるなんてありえない。心の奥がモヤモヤする。

「思い出してくれるのを待ってる」

「ヒントが欲しいかもしれません」

雪人は、自分がぼんやりと立っていることに気づいて、充の隣に腰を下ろした。

「ヒントか……。難しいな」

「つまり、ヒントがほぼ答えということですか？」

充は何も言わずにそっぽを向いたが、彼の尻尾が嬉しそうにポンポンとソファを叩いた。

「浮かれてますね」

「そりゃそうだろう。お前が俺のことで頭をいっぱいにするんだから。最高じゃないか」

晴れやかな笑みを浮かべる充とは別に、雪人は釈然としない。

多分、いやこれは思い出せない自分が悪いのだろうが、それでも何か言い返したい気持ちでいっぱいだ。

「俺がいろいろ思い出したら、スッキリして充さんと付き合うことになるんだろうか」

「かもな。だが、今のお前の気持ちも大事だ。仕方がないで結婚などされたら、俺が悔しい。むしろ別れる」

何かが心にサクリと突き刺さった。

ずっと「雪人が好きだ」と言っていた充の口から、まさかそんな言葉が出てくるとは思わなかったのだ。

「え？　えっと……、はあ、そもそも……付き合っていませんので、別れると言われても、別に……構いませんが」

「声が震えてる。可愛い」

「別に、びっくりしただけです」

「ふふふ、可愛いな、雪人」

「可愛くないです。可愛い尻尾も耳もありません」

「またそういうことを言う」

そうは言われても、自分は一般だから考える。持てる者には分からないのだ。

それを見越したように充が「お前がそこまで気にするなら、この尻尾を切ってしまおうか。耳が残っているから別にいい。座るときに尻ポジに気を遣うし、弱点でもあるし」と簡単に言った。

「な、な、何を言ってますか！　その尻尾！　そんな綺麗でモフモフの尻尾を切るだなんて！　信じられない……信じられない！　勿体ないっ！」

「手入れがたまに面倒になるし」

「だったら俺がブラッシングします！」

「気をつけないと毛玉ができるし」

「俺が！　毛玉を見つけたら俺が切りますから！」

その立派な尻尾に直に触れられるなんて……！　失礼だと思ってずっと堪えていたが、直に、触れる……っ！

倫の尻尾も「触る」と決めて触ったことはない。

モフは基本、自分の尻尾の手入れは自分でするよう親に躾けられているのだと、ウェブ記事のモフの子育てで読んだことがある。

雪人がするのは、倫が自分で梳いた尻尾のチェックだ。梳きが甘かったらブラシで整えてやる。だが尻尾には触らない。

「尻尾や耳に無条件で触れていいのは、親か配偶者だけだ。もっとも親は、子供が成長したら触ったりしないがな」

「うぐぐ」

つまり、今現在の充さんの尻尾に触っていいのは、配偶者だけ？

「まあなんだ、配偶者じゃなくても恋人なら触る。スキンシップだ」

「あ、ハードルが下がった……」

「当たり前だ。俺がこんなにモフをアピールしているのに、今まで一度も触ろうとしなかったじゃないか。こんなにモフモフで柔らかくて温かいのに！」

「社長のモフ尻尾になんて触れませんって！」

「倫の尻尾にはたまに触ってた……」

「幼稚園児のブラッシングはまだヘタだから手伝っただけで触ってません！」

「よし、そうか。よーし！」

充がいきなり立ち上がり、尻尾を元気よく揺らす。

「触っていいぞ」

「はい？」

「俺の尻尾に触ることを許す」

「ええええっ！」

みっちゃんの尻尾でさえ触ったことないのに、そんな立派なモフを触れるわけがない。触ったら死ぬ。きっと死ぬ。

雪人は首を左右に振って「いろいろな意味で無理です」と言った。

「モフが好きなら触っておけ。触り心地はいいぞ。灰銀色だから硬く見えるが、実際はとっても柔らかくて気持ちがいい」

充は実に意地の悪い顔で笑い、「ほれほれ」と雪人を誘う。

「モフを見せつけるなんて最低ですね。俺なんて欲しくても得られなかった……」

「そんなことを言っている場合か？　一般にもちゃんとモフ因子がある。それが見えるか見えないかの違いで、人を区別するな。自分を嘆くな。お前は高熱を出しながらも、俺に言ったぞ。『俺は心の中にモフを持ってるから、大人になったらみっちゃんと結婚する』と。素晴らしい台詞だった」

「俺がそんな感動的なことを言ったんですか？　それは充さんの妄想じゃないですか？というか、それ答えですよね！」

「ふっ。お前がいつまでもうだうだしているから、仕方なく言ってやったんだ。仕方なく！　そうでなければ、あと十年は分からずに悩んでいただろうからな。俺はなんて優しいモフなんだろう。俺は素晴らしい」

高級ブランドとはいえパジャマ姿で胸を張って言うことか？　尻尾が物凄い勢いで振られているじゃないか。

「……心の中にモフか。はは、きっと熱が出てたから言えたんでしょうね……。それに子供っていうのは、突拍子もないことを言うものです」

「お前は風邪気味だったのに、俺が明日も遊ぼうって約束したから、無理して公園に来たんだ。あんな約束守らなくてよかったのに」

充が肩を落とす。

「無理して……？　あの、俺は小学生のときに一度だけ救急車に乗ったことがあって、でも自分では全く気づかなくて、目を覚ましたら病院のベッドだったことがありますが、もしや」

あのときは母が「迷惑かけないで」ととても迷惑そうな顔をしていたのが印象的だったのと、初めて救急車に乗ったのに何も覚えていなかったのが悔しくて夢にまで見た。

入院したときのことはなんとなく思い出したが、感動的な台詞に関しては全く思い出せない。

「ゆきちゃんが公園に来たのは、それから三日後だった。みっちゃんが『あのときの約束……』と言ったら、ゆきちゃんは『よく分かんないけど、約束は守る！』と言った」

「あー…………よく分かんないけど、そんなこと言いそうだ俺。好きなこの前で格好つけたかったんだと思います」

「さっさと俺の尻尾をモフれ」

悩んだ。物凄く悩んだ。

だが、目の前のゴージャスな尻尾の誘惑には勝てなかった。

「失礼します」

ごくりと喉を鳴らして充に跪き、両手をそっと伸ばして彼の尻尾に触れた。

脳裏に「ハレルヤ」と合唱が響く。

生まれて初めて、モフの尻尾に触れた。通りすがりにかすったなどの「事故」ではなく、自らの意思でしっかりと掴み、オオカミモフを堪能する。

「う……っ、こんなに柔らかくていいのか？　俺は一生分の運を使い果たした気分だ。素晴らしい。手のひらが天国」

「耳もあるぞ？　耳も」

「一度に全部触れたら勿体ないので、それはまた今度。今は充さんの尻尾を堪能したい。やっぱりモフは凄い。癒やされる。……というか、何もかもどうでもよくなってきた」

それでは「人をだめにするなんとか」だ。

「俺たちが結婚したら、雪人はこのモフを触り放題だぞ？」

「分かります。触り放題最高。でも、俺は、充さんとは……」

モフモフモフモフ。雪人はとにかくモフモフと充の尻尾に触れ、いつの間にかそこに顔を埋めながら「一般」という種類に躓いていた。

「ついさっき答えが出たばかりだから、少しは心の準備期間をくれてやる。そして今から体の相性を再確認しよう」

「なんで、そうなるんですか？　言葉が繋がってないです……」

「可愛い雪人に尻尾を触られて、俺の心の尻尾が元気になった」

なんだそれー……。

突っ込みを入れるのもバカバカしくなって、雪人は思わず笑ってしまった。

「よし、頑張ろう」

楽しそうな充に引っ張られて、彼の寝室に連れ込まれる。

肩を掴まれたと思ったらすぐにキスをされ、そのままスプリングの利いたベッドに押し倒された。

下はベッドだと分かっていても、背中からダイブするのは怖いんですけどっ！

唇を塞がれたまま、雪人は心の中で激しく怒鳴る。

「その、不満そうな顔が凄く可愛い」

静かに唇を離した充は、しかめっ面の雪人を見下ろして笑った。

「充さんはそうやって、すぐに力ずくで俺をどうにかしようとする。子供の頃はいつも仲良しだったのに」

文句は言っても、キスの刺激で下肢がうずく。

雪人は真っ赤な顔でそっぽを向いた。

「離れていた分もいっぱい仲良くしたいんだよ」

「充さんが社長でなかったら、何発か殴っていたところです。ほんと」

「暴れないでくれてありがとう。俺は嬉しい。俺を受け入れてくれたんだな？」

「せっかちさん！」

「はいはい。文句はあとで聞くから、今は二人の相性を再確認しよう」

雪人はつられて頷きそうになったが、辛うじてとどまる。

「可愛くないところも可愛いな。お前」

真剣な表情に低い声。

美形が凄むととっても怖い顔になる。だが雪人は、「何を言っても可愛いですか」と冷静に突っ込みを入れた。

「愛を前にすると語彙がない」

「なんだろう。腹が立つのに許しそうになる自分がいます」

「もう俺のことが好きなんだよ。プロポーズの答えは当然イエスだ」

充はさらりと言ってのけると、体を強ばらせる雪人の体からパジャマをはいでいく。

雪人はあっという間に丸裸にされた。

「俺だけこの恰好は……その、いやです」

「大丈夫。俺も脱ぐ。セックスの間に尻尾を触ってもいいぞ」

「へっ？　いや、。その、だめだ、そんな恥ずかしいこと……俺にはできません！」

興奮状態でモフモフに触れたら突然死する。モフが最高すぎて。

想像するだけで雪人の陰茎は勃起していく。

「俺の性的興奮は……本当に、こじれてる……」

「こじれてていいよ。可愛いから」

充の片手が雪人の股間に伸び、彼の半勃ちの陰茎をやんわりと握る。

「は、あ……っ」

「尻尾が触りづらかったら、耳でもいいぞ？　ほら、耳もモフモフ」

モフ耳は次にすると決めたのに、目の前に頭を差し出されたら我慢できない。

「ん、ふっ。モフモフ……気持ちいい……っ、充さんのモフモフ……凄い……っ」

握られている雪人の陰茎の先端からは蜜が溢れ出す。ほんの少し扱かれただけで、くちゅくちゅといやらしい音を立てて熱く滾った。

最高のモフ耳を触りながら陰茎を扱かれて、脳裏で快感が爆発する。

「ん…っ……、あっ、あっ、だめ、そんなっ、あぁぁあっ」

「俺のモフに興奮して可愛い。もっと好きに触っていいぞ？」

「ん、んんっ、もっと触る……っ、気持ちいい。充さん、気持ちいいです……っ」

「俺も、雪人を撫で回したい」

充が耳元で囁いて、雪人の胸に右手を移動させた。

興奮してぷくりと膨らんだ乳首を爪で弾かれて、甲高い声が上がる。気持ちはいいが少し痛い。

けれど雪人は、その痛みは嫌いじゃなかった。

そして、充の舌と指で執拗に愛撫された乳首は熟れた果実のように赤く色づき、一回りも大きく硬くなった。握られたまま放っておかれた陰茎は、欲望の蜜にまみれて放出を待っている。

雪人は目尻に涙を浮かべて、すがるように充を見上げた。

「一度達しておくか」

「んっ、は、んん……っ」

ようやく陰茎を強く扱いてもらい、雪人は背を仰け反らせて低く喘ぐ。

雪人の体はすでに、充の視線に晒されて射精することに慣れていた。

「だ、だめっ、だめだっ、もう……っ……出る……っ」

「いっぱい出せ。見ててやる」

雪人の足は自然に広がり、腰もゆるゆると前後に揺れる。

「充、さん……っ……あ、あっ……充さんっ！　出る、俺……出るっ！」

雪人は体を震わせて勢いよく射精し、充の指と自分の下腹を汚した。

「気持ちよかったか？」

頬や目尻にキスをする合間に充が優しく囁く。

雪人は彼の首に両手を回して抱き寄せると、恥ずかしそうに小さく頷いた。だがすぐに首を左右に振って、充の体を押し戻そうとする。

「違う。その、モフ耳のせいなので……っ」

「うわ、この場に及んで頑な」

「射精後なので賢者タイムです」

そうでも言わないと充は「じゃあ、サクッと続きを始める」と言い出しかねない。

「そうか……。モフはそういうのあまり関係ないからな。何度でもすぐに挑戦できる」

「俺が死にますので……勘弁してください」

「死なれたら困る。俺はお前のプロポーズにイエスと答えた。つまり俺たちは婚約者同士だ。婚約者に死なれたら辛いから我慢しよう」

「話が飛躍しすぎ……」

「それだけ愛しているということだ、もう次に進んでいいか？　俺は早く雪人の中に入りたい」

「そういう残念なことを口に出さなければいいのに。綺麗な顔が勿体ない。モフも勿体ない」

「これが今の俺だから。お前に全部知ってほしい」

少しは出し惜しみしてほしいな……と心の中でこっそり思っていたら、いきなり体を持ち上げられて、なんと充の腰を跨ぐ恰好になった。

これはもしや騎乗位というものでは？

「うわあああっ！　なんだこの恰好は！」

雪人は耳まで真っ赤にして、充に情けない顔を見せる。

「知らないのか？」

「バ、バカっ！　知ってる！　知ってます！　でも、いきなりは……っ」

雪人は必死になって充を止めようとするが、彼はびくともしない。

「体勢を変えてもいいと思って」

「……充さん、俺はオーソドックスな方が好きです」

「安心しろ。すぐに慣れる」

「慣れると言われても……」

自分だけ百倍は恥ずかしいのに、これに慣れろと言われても……。

雪人はすっかり大人しくなって困惑した。

「どう動くかは、俺が教えてやる。まずは、そのまま膝立ちして」

「あんまり変なことしないでくださいね……」

「そんな困惑顔のお前も可愛い」

「ううう……」

嫌なら嫌で逃げるなり文句を言うなりすればいいのに。気持ちは離れがたい。なんなんだこの気持ち。「心のモフ」が、なんというか、ざわざわする。

両手で包み込むように頰を撫でられて、その優しい感触に泣きそうになった。

「もういいか？　俺は早く雪人の中に入りたい」

返事をするのが恥ずかしいので頷いたら、充の右手が雪人の股間に伸び、指先で彼の陰茎を愛撫し始める。

ゆるゆると触れるだけの愛撫なのに、雪人は敏感に反応して甘い声を出した。

「……あ、んんっ、なんか、変な……感じ……」

「ん？　どうして？」

「充さんが、プロポーズとか婚約者とか……言うから。……あっ」

「意識してるんだ。ただの雇用関係よりも、婚約者同士の方がいいだろ？　気持ちが違う」

「そうかもしれないけど、あっ」

「こうして、感じてるお前を見上げるのもいいな。表情が丸見えだ」

雪人の陰茎は瞬く間に硬くそそり立ち、蜜を滴らせて充の愛撫に歓喜した。

「もとの恰好に戻る……っ」

「いいんだよ、このままで」

「本当に……だめだって……っ……充さん、だめっ、モフじゃないのにこんな気持ちのいいことされたら、俺、戻れなくなります」

モフはモフと結婚して家族を増やしていく。一般もそうだ。モフと結婚した一般の話をあまり聞かないのは、きっとあまりにも少ないからだ。

「戻らなくていい。というか戻るな」

「でも……」

「自分で言っただろう？　お前の心の中にはモフがあるんだから、モフとか一般とか考えるな。いや、囚われるな」

「そうかもしれないけれど」

「……俺といるときだけでもいい、自分をモフと思え」

「モフ耳ないです」

「構わない」

「モフ尻尾もない……」

「それがどうした」

充に笑顔で言われると、本当にどうでもいいことに思えるのが不思議だ。

「俺は、モフも一般も関係なく、お前だから好きになったんだぞ？」

知ってる。知ってるよ。みっちゃんがそう言ってくれたのちゃんと覚えてるよ。

雪人は「俺がモフばかり好きになったのも、充さんの面影を探していたから」と言って目を泳がせた。

恥ずかしい恰好をしながらの告白なので、充の顔が見ていられないのだ。

「あ、あなたが……俺の性的嗜好をこじらせたんです」

「そうか。だったら責任を取らなければな。お前のモフとして」

再び充が動き出す。

雪人は下肢を晒したまま、気持ちのいい小さな声を出した。

「何度でも言うぞ。俺が欲しいのは雪人だ」

自分を必要としてくれるのが嬉しい。一般なのに「それがなんだ」と鼻で笑える充が、なんというか、その、凄く……格好良かった……。

雪人は心の中にあるモフ尻尾を元気よく振る。それほど充は格好良かったのだ。

「いや、あなたが格好良くて綺麗なのは分かってるけどな……」

「俺も雪人が可愛いのを知ってる」

「え？　はっ！　いや俺は何も言ってませんし、言ったとしても独り言なので返事しなくていいです！　恥ずかしい！」

「ははは。そうか独り言なのか。だったら呟く余裕なんてなくそうか」

「……っ！　んっ、ぁあっ、あ、あ……っ」

「いい顔だ」

充の手が雪人の陰茎を愛撫しながら、もう片方の手でふっくらとした袋を優しく包み込んだ。

「あぁ……っ」

下から押し上げるように撫で回され、ゆっくりと揉まれる。

陰茎をいじる指も止まらない。

甘い痺れに体の中がとろけていく。

性器を晒して愛撫される羞恥は影を潜め、今はすっぽりと快感に包まれた。

充の指に支配されることが、どうしようもなく気持ちいい。

雪人は無意識に腰を突き出し、充に愛撫をねだった。

「充さん……っ、俺……っ」

「もっと気持ちよくしてやる」

快感に染まった瞳で射貫かれ、雪人は唇を震わせる。

充の手が一旦離れ、今度は腰を両手で掴まれた。

そして雪人の後孔に、硬く勃起した陰茎をそっと宛てがう。

「俺のを握って」

雪人はごくりと喉を鳴らし、素直に右手を後ろに回して充の陰茎を掴むと、彼の先走りを自分の後孔に塗りつけた。

「ん、ん……っ」

「よくできました。いい子だ、雪人」

「バカ……」

「そのまま、腰を落として。ゆっくりでいい」

充に腰を支えられたまま、雪人は体の力を抜いて彼の陰茎を少しずつのみ込む。

苦痛はないが、この体勢での圧迫感に苦しんで低く呻いた。

「充さん、俺一人じゃ……ちょっと無理……」

「どうしてほしい？」

「う、動いて……。充さんも……動いてください」

雪人は自分の発した声に驚く。

今までなら、こんなことを口にはできなかったのに。

恥ずかしくてたまらないのか、雪人の体が朱に染まる。

「お願い？」

「充さん、お願いします。このままじゃ……俺……っ」

中途半端に貫かれた体がもどかしい。雪人は潤んだ瞳で充を見下ろした。

「雪人のお願いを聞かないわけにはいかないな」

充は目を細めて微笑み、雪人の手助けをする。

「あ、あ……充さんが……入ってくる……俺の中に……っ」

「もっと深く俺を感じろ」

「あああぁぁあ……っ！」

衝撃と快感で頭の中が真っ白になる。

強引に深く貫かれた雪人は、涙を零して体を身悶えさせた。

「充さん……苦しい……っ」

けれど彼の陰茎は、萎えるどころか先走りを滴らせてひくひくと震える。

苦痛と甘美が入り交じった感覚が、どうしようもなく気持ちがいい。このまま滅茶苦茶に突き上げられ、恥ずかしい言葉を発しながら果ててしまいたい。

「雪人、愛してる」

充が乱暴に突き上げながら、上ずった声を出す。

その声にどう答えたらいいのか分からなくて、結局、ただひたすら頷いた。

腰が痛い。尻が痛い。股関節が痛い。

とにかく、下半身の至る場所が痛くて仕方がない。

雪人はベッドの中で呻き声を上げると、ベッドサイドの目覚まし時計に視線を向ける。

目覚ましが鳴る前に目が覚めてしまった。

しかもそれが五分前だったので、余計に腹が立つ。

「なんだよもう……っ」

彼は枕を両手で叩き、自分をこんな目に遭わせた元凶にも腹を立てる。

結局昨日はそのまま寝てしまったので、ここは充の部屋だ。パジャマは新しくなっているしベッドの寝心地は最高だが、気持ち的にそれを堪能できる余裕はない。

「信じられないほど、好き勝手しましたね……」

「おはよう。ゆっくり寝ていろ。そして俺が、倫を連れて幼稚園に行く」

すがすがしい顔をした「元凶」が、いきなりドアを開けて偉そうに言った。

「今日の送迎は……俺の番……」

「その状態で、余計な距離は歩くな。昨日は無理をさせすぎた。それに、あいつに会わずに済む。というか、俺が会わせたくない」

充はベッドの端に腰を下ろすと、雪人の唇にチュッと「おはよう」のキスをする。

雪人はそれを素直に受けたあと、充の頭を叩いた。

「あっ。すみません、つい、無意識のうちに」

「二人の距離が近づいた、ということで許してやる」

「朝から甘いまんじゅうを食べた気分です。すっかり目が覚めました」

「俺の言葉の甘さに慣れてきたようだな。夕べはとてもよかった。俺たちはようやく想いが通じ合ったな」

充が雪人の頰を優しく撫でて、幸せいっぱい胸いっぱいの微笑みを浮かべる。

雪人は彼の素晴らしい微笑みに見惚れて頰を染めた。

「次は『愛してる』の言葉を言えるように頑張れ。俺の可愛い雪人」

「可愛くないです」

「可愛くないと言うお前が可愛くて仕方がない」

充は雪人の耳元に唇を寄せて「愛してる」と囁く。

朝っぱらから、そんな低い声で囁くなっ！　あなたはバカですか！　そんないい声で囁かれたらヤバイです！

雪人は顔を真っ赤にして、こそばゆさに肩を竦めた。

「ふっ。可愛い。最高に可愛い。少し時間に余裕があるから、触っていい？」

「ちょっ……だめだって……、あ……っ……だめ……っ」

充が掛け布団の中に手を突っ込み、パジャマの上から雪人の下肢を悪戯する。

「恋人同士の朝の戯れだ」

「や……っ……充さん……っ」

雪人は充の胸に顔を押しつけて体を強ばらせた。

「どうした？　雪人」

「みっちゃんとゆきちゃん、なにしてんの？」

寝室のドアの隙間から、倫が不思議そうな顔でこちらを覗き込んでいる。

あああああっ！

雪人は心の中で悲鳴を上げてベッドの中に沈んだ。

「僕、コーヒーを入れるお手伝いしたよ？　カップを置きました！」

「おう。倫は偉い」

充はさりげなく布団の中から手を引っ込め、倫のところに向かう。

「二人でなにしてたの？」

「俺と雪人は、秘密のラブラブカップルだから、秘密の遊びをしてたんだ」

「僕も一緒に遊ぶっ！」

ぎゃーっ！　いたいけなちびっ子にはまだ早すぎるっ！

雪人は「これは大人になってからだ！」と、心の中で悲痛な叫びを上げた。

「秘密の遊びは、大人にならないとできないんだ」

充は倫を抱き上げて、真剣な顔をする。

「大人……？　大人って凄いね」

「ああ。いろんな意味でな。雪人はもう少し寝かせておくから、先にみっちゃんと一緒に朝ご飯を食べよう」

「はーい！　ゆきちゃん、ゆっくりしててねー！」

倫は無邪気に手を振りながら、充に連れられ寝室を出た。

「倫の……情緒教育が……」

あいつが年頃になったら、絶対に今の行為がなんなのか分かるぞ。声変わりの終わった声で「そういえば、昔から二人とも朝っぱらからいちゃついてたよね」と思い出を語りながら薄笑いされそう。恥ずかしい……っ！

雪人はベッドの中で呻き声を上げる。

彼はずいぶん先のことを想像して心配してから、「充さんと倫が俺と一緒にいる未来だ」と気づいて、今度は照れてしばらく動けなくなった。

「プロポーズの真相」が分かった途端にこれだ。

アレコレ考えても真実はシンプルだった。

それに、「心のモフ」はいい言葉だと思う。

「俺の心の中にあるモフ、か」

そしたら俺も、充さんに心のモフをモフモフしてもらいたい。でもそれって具体的にどうするんだ？　やはり、あれか？　隠喩になるのか？　モフモフしてがセックスと繋がるのか？　いやー……………そんなのは、アリ……………かもしれない。

雪人は充に「モフモフしてください」と言う自分を想像して胸の奥を熱くさせた。

月曜日の職場はとても静かだ。

静かなだけではない。ブルーマンデーというだけあって、みなどこかけだるい表情で食材をチェックしたり包丁を磨いたりしている。

雪人はそれに関節痛が加わっていたので、ひときわ機嫌の悪い表情を浮かべていた。

「俺今度、月曜は午後三時出社にしようかな……」

「分かる。ゆっくりしたいよな、月曜は」

「そう思う……」

スタッフのそんな声を聞くたびに、「頑張れ」と心の中で応援する。ついでに腰が痛い自分にも「頑張れ俺」と応援した。

スペアリブの漬け汁を作って、そこに肉を入れて密封したところで一休みだ。

雪人は丁寧に手を洗って従業員詰め所に向かう。

「お疲れさまです～」

顧客リストをチェックしていたキャストが、一瞬だけ顔を上げて笑顔を見せた。

「お疲れ」

ロッカーを開けてバッグの中からスマホを取り出す。のんびり情報チェックしながら休憩しようと思っていたら、メールの着信ランプがついていた。

受信メールは一件。


週末はどうだった？(?_?) いろいろ聞きたかったのに、怖い顔をした会計士さんが部屋の外に出してくれませ〜ん(/_;) なので、一緒にお茶でもどうですか♪☆☆ 場所は「いつものカフェ」で。じゃあね〜(^^)/

新堂店長。いい年して顔文字を乱用するなよ。そういうのって「おじさん構文」って言うんですよ？

雪人はため息をついて場所を再確認すると、新堂からのメールを閉じた。

相変わらず同伴待ちのホステスやキャバ嬢が多い「まちカフェ」の店内。

キャバ嬢待ちをしているうちにすっかり常連になった中年男性がオーナー兼マスターとコーヒーの話で盛り上がっている。

新堂と雪人はテレビが一番よく見える「特等席」に腰を下ろし、アイスコーヒーを前にして内緒話をしていた。

「なんか怒濤の週末だったね。その場に居合わせたかったな～」

新堂は楽しそうに言ってアイスコーヒーを飲む。

「モフに告白されて困惑したのは初めての体験です。しかもパンダモフですよ。希少モフ。俺はやっぱり尻尾の大きなモフが好きだ」

「村瀬君て実はモフ受けするんだねえ」

「俺が？　振られてばかりの人生でしたよ……」

雪人も同じくアイスコーヒーを一口飲んだ。

ここはストローがプラスチックなのがいい。紙ストローは時間が経つとふにゃふにゃになって使いづらい。

「そうなんだ。じゃあ今まで振られた分が戻ってきたと思えばいいよ」

「はい。あれですよ、禍福はあざなえる縄のごとし」

「それってちょっと怖くない？　人間万事塞翁が馬ぐらいにしておきなさいよ」

新堂は糸目をますます細くさせて「ははは」と笑う。

「それで、あのですね、新堂店長」

「何？」

「ええと……俺はもしかしたら、一大決心をするかもしれません」

視線を泳がせて言う雪人に、新堂は意味深な表情を見せた。

「へえ」

「俺がそう思っているだけかもしれませんが、その……」

「いい話なら大歓迎だよ。いろいろと腹をくくったのかな？　村瀬君」

「腹をくくったというか、充さんの言っていることを頭の中で並べていろいろ考えたんです。小学二年生当時のプロポーズを今までずっと信じて、プロポーズした相手を捜し続けるって……物凄い情熱ですよね」

「ほんとだよ。しみじみそう思うよ。それだけ、あの子にとって村瀬君は大事なんでしょうよ」

「俺は、モフが好きなんです。愛しています。本当に大好き。でも、俺のその性的指向を目覚めさせたのは…………………充さん、なんですよね」

「ははははは。そりゃ、卵が先か鶏が先かって話だね！」

そうなのだ。新堂の言う通り。

「考えるだけ無駄なんです。分かってます。充さんも余計なことは考えるなって言いました。だから俺も……これからはそうしようかなって」

「それちゃんと言ってあげたの？」

「まさか！　あの綺麗なモフを前にして恋愛云々なんて、声が震えて気持ちの一割も伝えられませんよ！　でも、頑張るしかない。俺自身の口から言わないと。恥ずかしいけど」

「応援するよ。頑張って。……ってほら、テレビを見て」

新堂は備え付けのテレビを指さす。

雪人はつられてテレビを見上げた。

「次世代を担う大企業のイケメン独身御曹司を直撃☆」という派手なテロップが、画面の左上に出ている。

「へ？」

そして驚愕する。

なんで充さんが映ってるんだ？

雪人はポカンと口を開け、涼しい笑顔でインタビュアーの質問に答えている充を見た。

「あの人、今、長期休暇中なんですけど」

「突っ込むのはそこか？」

「はっ。なんですか？　あの花嫁募集の文字は」

他にも、「あの高本グループの高本一族」とか「あの若さで会社をいくつも経営」と視聴者を煽っている。

「あのテロップは、局が勝手につけるからね。午後のワイドショー番組の、最近の目玉コーナーなんだって。日本中のいろんな会社の跡継ぎを登場させてる」

「録画で？」

「その方が、編集しやすいからでしょ。それにしても、美形はカメラ写りがいいね。きっとファンレターや問い合わせが全国から殺到するだろう。本人はシャットアウトするだろうがね」

新堂は暢気に言うとアイスコーヒーを飲んだ。

しかし、いつも旨いと思っていたアイスコーヒーが、今日だけは砂を噛んでいるように味気ない。

全国のモフ好きにロックオンされたも同じだ。

あんなにモフ尻尾を見せつけて、スーツに合うところが格好いい。モフ耳も格好いい。

だがあの耳と尻尾はすでに雪人が触りまくっているから、誰にも渡さない。

なんて、独占欲で心の中をいっぱいにしながら、雪人はアイスコーヒーを飲み干した。


店を出て最寄り駅に向かおうとした雪人のスマホが、可愛らしい電子音を響かせる。

もしや充からかと思った雪人は、液晶画面で相手の名前を確認することも忘れ、慌てて電話に出た。

「はい、村瀬っ！」

『よかったー。電話に出てもらえたー。あなたの友人の康一です』

「あー……康一さん、ですか……」

雪人はとたんに冷静な声を出すと、駅に向かう人の流れを横切り、ガードレールに腰を下ろした。歩きながら電話ができない。

『今日、倫君の送迎に来なかったじゃないですか。だから、友だちは口実で、もしかしたら嫌われちゃったかなと思って』

「違います。康一さんは俺の友人です。それは変わりません。ちょっとどうしようもない事情がありまして……」

『それなら仕方ないですね』

「はは。……戴いた魚は、ちゃんと生きてます。一匹も死んでません。倫も物凄く喜んでいます。本当にありがとうございました」

『よかった！　嫌われてない』

「ははは。そんな気にしないでください」

『雪人さんは照れ屋なんですね。了解です。ところで今週の土曜日に、倫君を連れてみんなで遊園地に行きませんか？　実は今日、取引先から特別優待券をもらったんです。もちろん、友人としてのお誘いです。贔屓じゃありません。そもそももらったのは五枚だったので……遊園地の名前はですね』

名前を聞いて、即座に決断した。

小さな子供や家族連れがメインターゲットなので、アトラクションの身長制限や年齢制限が園児にも優しい。絶対に倫を連れていきたい屋外の有名遊園地だ。

充に言ったら「貸し切りにするか」と言われそうだが、ああいうところはたくさんの人がワイワイしている雰囲気も込みで楽しいのだ。

「是非。みんなで行きましょう」

『はい！　では、詳細はメールで送りますね』

康一は嬉しそうな声で言うと電話を切った。

「充さんには事後承諾になってしまうがいいか」

勢いで返事をしてしまった。だがもともと遊園地には行く約束だったのだから構わないだろう。

雪人はスマホを握りしめて「弁当は何を作ろうかな」と笑顔になった。

帰宅してドアを開けた途端、揚げ物のいい香りがする。

雪人が靴を脱ぎながら「ただいま」と言うと、小麦粉で手を真っ白にした倫が猛スピードで駆けてきた。

「ゆきちゃん！　お帰りっ！」

「ただいまっ！　倫、その手はどうした！」

「今ね、コロッケ作るお手伝いしてるんだっ！　ねんどみたいで面白いのっ！」

「そうか。ちょっと待って、写真を撮っておこう」

「わーい！　こむぎこかいじゅうだっ！」

両手の指をワキワキしながらポーズをとる倫の姿を、様々な角度からスマホに収める。

シャッター音が響くたびにキメ顔が変わるのが可愛い。

「あとでみっちゃんにも見せてあげてね！」

倫は照れくさそうに微笑むと、スキップしながらキッチンに戻る。

「今帰りました。今夜はコロッケだそうですね」

「お帰り。着替えて俺のコロッケが完成するのを待っていろ」

キッチンカウンター越しの会話は自然で、長い間一緒に暮らしているような気分になる。

これは、いつもの俺。そして俺の知ってる充だ。

雪人は「分かった」と言って軽く頷いた。


「今週の土曜日、康一さんが遊園地に行こうと誘ってくれた。もちろん友人として」

雪人は出来たてのコロッケを頬張って、話を切り出した。

「あぁ？」

案の定充は、眉間に皺を寄せて不機嫌な表情になる。倫もこれには目を丸くした。

「ゆうえんちは、僕とゆきちゃんとみっちゃんの三人で行くんでしょ？　ちがうの？」

「みんなで行くよ。そこに康一先生が入るだけだ。大変立派な特別優待券があるそうだ」

充は「はあ？」と変顔をし、倫は「そうなんだー」と納得する。

「俺の話を聞いてください、充さん。あと綺麗な顔で変顔はやめてください」

雪人は冷静に突っ込みを入れる。

「みんなで行って、羽を伸ばしましょう。お弁当を持って」

「ゆきちゃんのお弁当が食べたいっ！　行く！」

倫は両手を上げて「今度は晴れますように！」と叫んだ。

「手作り弁当は嬉しいが、もっとこう……別の言い方はないか？　俺と一緒に手を繋いで歩きたいとか、ジェットコースターに乗って俺に抱きつきたいとか、お化け屋敷に入って俺に抱きつきたいとか、夕暮れのメリーゴーランドを見つめながら、俺に愛してると言うとか」

充は真面目な表情で自分の欲求を淡々と語り、雪人は心の中で「その手があったか」とハッとする。

「ラブラブブッ！　ラブラブブッ！」

倫は箸を持ったまま両手を叩いた。

「倫、行儀が悪いぞ。そして充さん。あなたは思ったことを素直に口に出さないように。子供の前で変なことを言わないでください。倫が変な言葉をまねしてしまう」

雪人は、向かいに座っている二人を交互に見つめる。

「ふむ。それは困るな、倫」

「僕、変な言葉はまねしないよ」

充は倫と顔を見合わせ、「ねー」と揃って首を傾げた。

その様子は、ＣＭに出てくる若い親子にそっくりだ。しかもモフ可愛い。モフモフだ。

「充さん。倫が高校生になって、『勉強すんの面倒くせー』と言ってサボったりしたら、そのときはちゃんと責任を取るんですよ？」

雪人は冗談交じりで言ったが、充は逆に誰もがうっとりするだろう素晴らしい微笑みを浮かべる。

「ああ。ずっと雪人の傍にいて責任を取る。雪人を幸せにする」

充の低くて優しい声が雪人の胸に染みる。

彼は十何年も雪人を想い続け、これからも想っていくと、約束する。

雪人は予想外の感動に泣きそうになった。

「ゆきちゃん、かっこいいー」

「倫だって、大きくなれば格好良くなる」

充は倫の頭を優しく撫で、自信たっぷりに言った。

「は、話が……ずれてないか？　おい」

雪人は顔を赤くして、充の微笑みから視線を逸らす。

「ゆきちゃん、顔が真っ赤だね」

「照れてるんだ。見て見ない振りをしてやれ」

「うん。僕、コロッケ食べる」

全く、この大人とちびっ子はっ！　余計恥ずかしいじゃないか。一生俺の傍にいるなんてできるのか？　約束をしておいて嘘をつくなんてないだろうな？　もしそんなことがあったら……。いや、この人は約束を破るなんて絶対にしないんだ。

雪人は唐突に、充とずっと一緒にいたいと思った。

彼と共に過ごす日々を当然のものにしたいと願った。

「俺は……」

雪人は、倫の口の端についたケチャップをナプキンで拭っている充を見つめて、掠れた声で呟く。

小学生だった頃のみっちゃんの可愛い面影が目に残っている。弱々しくて、何か困ったことがあると「ゆきちゃん」と、泣きながら自分にすがりついてきた。そのたびに、絶対に守ってやるんだと誓った。ずっと傍にいたいと思った。だから熱があっても休まず公園まで会いに行った。

プロポーズのことを思い出せないのは本当に申し訳ない。充のことを頑なに思い出にしたかったのは、引っ越して会えなくなったことがきっと寂しくて悲しくて仕方がなかったからだ。

だから、モフとか一般とか関係なく「ゆきちゃん」が好きと言った充と、「心にモフを持ってる」と言った雪人は、もし離ればなれにならなかったら、もっと早くこういう関係になっていたような気がする。

それを思うと、再会できて本当によかった。

ずっと自分を捜し続けていた充に感謝しかない。

「あ、あの……充さん」

雪人は倫がいるにもかかわらず、とんでもないことを言おうとした。

「ん？　どうした？　まさか雪人、コロッケが嫌いだったのか？」

「いや、好きだ。おう、好きだとも。信じられないくらい好きで、自分でも気が動転している。こんなことってあるか？　今までちゃんと気がつかなかった。当たり前すぎて、分からなかった。自分でわざわざ口にして、ようやく分かった。きっと俺は、一緒にいればもっと早く一緒にいたんだと思った……です、はい」

雪人は充を見つめたまま一気に言うと、耳まで真っ赤にした。

コロッケに愛を語っているのか、それとも別のことを言っているのかさっぱり分からない。はっきり言って意味不明だ。

自分でもなんでこんなに言葉を紡ぐのがヘタなのだろうと、雪人は唇を噛み締めて呻く。

しかし充には、言いたいことがしっかりと伝わったようだ。

彼は「分かる……」と声を掠れさせて、右手を伸ばして雪人の頬を優しく撫でる。

「ゆきちゃん。ゆきちゃんははなれたくないほどコロッケが大好きなの？　知らなかった」

小さな子供には、大人の事情がよく分からない。倫は首を傾げながら充に尋ねる。

「ああ。物凄く好きだって。やっと気づいたって」

充は雪人の頬から名残惜しそうに手を離した。

雪人は震える手で箸を持つと、不揃いのコロッケを口に入れる。

「…………旨い」

衣はサックリ、中はほくほくしていて、タマネギの甘みと挽き肉の旨味が絶妙の風味を醸し出している。こんな旨いものは、どこにも売っていない。

たった今、雪人の頬に触れた手だけが作れる、信じられない貴重なものだ。

「大好きなものは美味しいよね！　それに、ゆきちゃんが作ったおかずだから、とくべつに美味しいねっ！」

ちびっ子は無邪気に核心を突く。

雪人は無言で、何度も深く頷いた。


子供が寝たあとは、大人の時間になる。

もっとこう感動的な何かが始まるとかはなくて、とても穏やかな時間が流れていた。

充と雪人はソファに座り、仲良く缶ビールを飲みながら夜のニュースを見る。

「今日、テレビに充さんが出てた」

「録画だろ？　休暇に入る前に受けた取材だ」

「相変わらず綺麗だった」

「ははは。そんな俺はお前のモフだ」

「……俺が相手で大丈夫なんですか？　グループを強くするための政略結婚とか、いろいろありますが。あと、モフは大事なのでモフ保存的な結婚とか」

「ドラマでよく見たな、そういうの。でも俺には関係ないから安心しろ」

「真剣に聞いているんですが」

「俺には十歳年上の兄と姉がいる。知っているだろう？」

「はい」

「二人とも『高本グループ』の要職を務めている。兄には子供が三人。姉には二人。みんな優秀だ。それに倫もいる。問題なし」

雪人の顔が徐々に赤くなる。

彼はいたたまれなくなって、枯れたひまわりのように項垂れた。

「俺は親と折り合いが悪いが、それでも会社に不利益がなければ好き勝手が許される」

「そ……そうですか……」

ホッとした。

お家騒動みたいなものは、起きる可能性は限りなく低そうだ。

「不安にさせて悪かった」

「い、いや……。大丈夫です」

「俺は雪人の傍にいる。約束だ。どこにも行かない」

「はい」

笑顔で頷ける。だって充は約束を守るから。

「俺はお前のすべてが好きだから」

「俺も。モフが好きなのか充さんが好きなのか悩んだこともあったけど、でも、充さんが好きだから悩む必要なんてなかった」

「愛してるって言わないのか？」

雪人は首を左右に振って、「察してください」と掠れた声で言った。

「じゃあ、心の中では、いっぱい言ってる？」

「多分……きっと……」

「可愛い、雪人」

充が顔を寄せて、雪人の額にチュッとキスをする。

「あなたのせいで、俺は、モフに夢中で、また性的にいろいろな感情をこじらせそう……」

「だから責任取って一生傍にいると言ってる」

「充さんのモフ耳が凄く好き。モフ尻尾なんて国宝にしていいと思う」

「そうかそうか。堪能してくれ」

「します。目いっぱいします。俺にモフがなくてごめんなさい。俺も充さんにモフモフしてもらいたかった……」

するとの顔がカッと赤くなった。

こんな顔の充は初めて見た。

「なんてことを言うんだ、可愛くてエロい」

「俺は、心の中にしかモフがないから……すみません」

「違う違う。お前の言葉や仕草にモフが潜んでいるから、問題ないのに……そんなことを言われたら、俺の理性がヤバイ」

「いや、だって充さんが俺のモフモフであるように、俺も充さんのモフモフになりたいと思って……」

「バカ。もう十分モフモフだよ。俺のモフモフだ、雪人」

「そう言ってくれると……凄く、嬉しい……」

感情が爆発して気の利いた言葉が出てこない。

もっとこう、心に突き刺さるようなことを言いたいのに。

「キス、していいか？」

「はい」

雪人は充の顔をまじまじと見つめる。

頑固だった自分がバカバカしいくらい、素直になれた。

一ダースのてるてる坊主を作って窓にぶら下げたかいがあったのか、土曜日は朝から晴天。

倫は、自分がいい天気にしたのだと言わんばかりに、偉そうに腰に手を当てて外の景色を眺める。

雪人はいつもより早起きして、キッチンで格闘している。

「おはよう……」

充はパジャマ姿のまま、あくびをしながらキッチンに入った。そして起き抜けに、コップ一杯のミネラルウオーターを一気に飲む。

「はー。目が覚めたっ！」

「おはようございます」

「…………おはようのチュウしたい」

「ええと」

雪人は倫がこっちを見ていないことを確認してから、充の頬に唇を押しつけた。

「はい、おはようのチュウ」

「え？　えええ！　雪人から……っ！　俺はまだ夢を見ている？」

「起きてます！　騒がないでください！」

雪人はカッと頭に血を上らせて大声を出した。

「みっちゃんっ！　いい天気だよっ！　かんかんしゃにいっぱい乗ろうねっ！」

倫は充に突撃し、脚にしがみついてはしゃぐ。

朝っぱらからこのテンションだと、帰り道は爆睡だな。ヘタをすると、興奮しすぎて熱を出すかもしれない。

充は倫をひょいと抱き上げて体調を心配した。

「ゆきちゃんね、おにぎりとサンドウィッチの両方作ってくれたんだよっ！　のり巻きもあるんだっ！」

「そうか。四人分の弁当だから、量も多いんだな」

「ちがうよ。五人分」

「え？　倫に俺、雪人、康一先生で四人分だろ？」

「きょーちゃんの分もあるのっ！」

「きょーちゃん？　もしかして……それは……」

充は訝しげな表情で、キッチンを振り返る。

「新堂店長です。俺がついでに呼びました。今まで迷惑をかけていたんでしょう？　たまには感謝しないと」

「フラフラしているように見えて、実は忙しく仕事をしてる人なんだぞ？　多分……」

「喜んでオッケーしてくれました」

雪人は器用に手を動かしながら、暢気に答えた。

新堂さんは、俺の知らない充さんを知ってる。だからもっといろいろ話を聞きたい。

そんな雪人に、倫が無邪気に凄いことを言った。

「きょーちゃんはいいひとなんだ。だからみっちゃんの昔話をもっと教えてくれると思う。じぇらしーはいりません」

倫のませた口調は、リビングの空気だけでなく雪人の体も凍りつかせる。

「り、倫君……？　君はどこで、そんな言葉を覚えたのかな？」

これが幼稚園だったら、園児に「じぇらしー」を教える保育士は厳重注意の刑だ。いたいけな子供は、大人の事情を知る必要はない。

「みっちゃんが教えてくれた。単語パズル難しいんだよ。ほら、僕はえらいひとになるから、難しいことばも早くから知っておかないとだめでしょ？」

甥に何を教えているんですか、あなたは！

雪人は頬を引きつらせ、キッチンで弁当の中身を見ようとした充を睨んだ。

「ラブラブだとシットするんでしょ？　僕にはまだよく分かんないけど」

「あと十年は分からなくていい。知りたいときは、俺の許可を得ること。いいな？」

雪人は倫がこれ以上変なことを言わないよう諭すと、彼が頷いたのを確認する。

「よし。倫はいい子だな。朝ご飯の支度を手伝ってくれるか？」

「うんっ！」

倫はよじよじと雪人から下り、コップや箸をダイニングテーブルに用意しようとキッチンに走った。

四人の成人男性に、一人のちびっ子。

メンバーは、通りすがりの家族連れに「もしや、大富豪の御曹司と、私服姿のＳＰ？」と思われても不思議ではなかった。みな倫のご機嫌を窺っている。

今日の主役は倫なのだ。

合計五人は、それぞれに似合ったカジュアルな服装で遊園地に入った。

雪人を巡って、かつては不毛な戦いをしていた充と康一は、お互いに「今はお友だちですから」と強ばった表情を浮かべるが、飛び入り参加の新堂がいい具合にクッションになっている。

「こら倫っ！　一人で勝手に歩くな。ほら、これをつけて……」

雪人は倫の前にしゃがむと、園から渡された迷子札を彼の腕に安全ピンで留める。

その様子を充、康一、新堂の三人はホノボノと見つめた。

「ちゃんと『お母さん』してるじゃないか、村瀬君は」

「なんかこう、守ってあげたくなるなあ。友だちですけれどね！」

「俺が守るから、横から口をはさむな。手を出すな」

充は康一にざっくりと釘を刺し、彼から思い切り睨まれる。

「しかし……私たちの姿は他の家族連れにどう見えてるんだろう。男四人に子供一人だ。どう見ても怪しい」

新堂が面白そうに言ったところで、倫が大きな声で答えを言った。

「はーいっ！　家来さんっ！　王子様は出発しますっ！」

「こら、倫っ！　大きなお友だちを家来呼ばわりするんじゃないっ！」

一人の王子と四人の家来。なるほど、そっちできたか。

四人は心の中でそう呟くと、それぞれ苦笑を浮かべて倫のもとに向かった。


ジェットコースターの身長制限と年齢制限に引っかかってしまった倫は、観覧車に二回続けて乗り、コーヒーカップでぐるぐる回ることで、その悔しさを紛らわせた。

「僕、これから毎日牛乳をコップで二杯飲むっ！　早くおっきくなって、ジェットコースターに乗るんだっ！」

「はいはい」

「ゆきちゃん、僕は本気だよ？　でも今は、どうぶつランドでウサギにさわりたいっ！」

倫の要求に、雪人は困った顔をして充を見た。それまでのんびりお供をしていた充も頬を引きつらせる。

「じゃあ、康一先生と一緒に触っておいで。俺たちは外から写真を撮ってやる」

「いっぱいとってねっ！　康一せんせえっ！　一緒に行こうっ！」

「え？」

倫の指名を受けた康一に、新堂が追い打ちをかけた。

「村瀬君を休ませてあげるのも、気の利いた友人として当然のこと。それに高本は、弁当を持ったまま動物の中に入れませんからね。私もお付き合いしますから」

「そ、そうですね。では倫君をしっかりとお預かりします」

新堂に言いくるめられた康一は、倫と手を繋いで動物ランドの柵の中に入った。

充と雪人はベンチに腰掛け、一息つく。

「ウサギは見ているだけならいいんだが、触るのはな……」

「そうだと思いました。さっきから目が泳いでいたし」

雪人は笑いながらデジタルカメラを構えると、愛らしい倫を写真に収めた。

「食べる分にはいいんだが、あの長い耳がどうしても苦手で……」

「倫の前でウサギ料理の話はやめてください」

「黙る」

「はい、ありがとうございます。そして倫の可愛い姿を見て和みましょう。あそこにいる子供たちの中で、倫が一番可愛い」

雪人は「親バカ」を炸裂させて、ウサギと戯れる倫を嬉しそうに見つめた。

日曜日よりは空いていると思ったが、園内はまんべんなく人がいる。一番多いのは家族連れだが、友だち同士や恋人同士も少なくない。

「……倫を遊園地に連れてくるのは初めてなんだ。ホテルのプールには何度も行ったし、海や山の別荘にも連れていった。でもな、遊園地にだけは連れていったことがなかった」

「そうですか」

「倫が他の家族連れを見てどんな反応をするのか怖かった。もし母親を思い出して泣き出したら、どう慰めてやればいいのか……」

倫はウサギを両手で抱き上げ、康一と新堂へ交互に見せてはしゃいでいる。周りに家族連れがいても、気にしていない。

それを見つめたまま、充は苦笑した。

「結果はアレだ。……怖がっていたのは、俺の方だったのかもしれない」

雪人は黙ったまま、小さく頷く。

「俺はちゃんと、倫の面倒を見てやれてるのかな。まさか本人に聞くわけにもいかないから、ときどき不安になる」

「大丈夫ですよ。俺ちゃんと見てます。あなたは立派です」

「そうか、よかった」

充が照れて頭を掻く。

その姿もまた、初めて見るものだ。雪人は、彼のいろんな姿を見られて嬉しくなった。


注目を浴びている。それもただの注目じゃない。好奇心と感嘆の視線が入り交じった、大変複雑な注目だ。

雪人は自分が昼食の用意をしている様に突き刺さる視線を感じる。

プラスチックテーブルの上にはギンガムチェックのクロスが広げられ、大きなバスケットの中からまずワインが一本引っ張り出された。続いて出たのが四つのワイングラス。倫にはミックスジュースの入った小さなポット。

総菜の入った重箱は三段で、どれも「どこの会社のデリバリー？」と聞かずにいられない、ゴージャスな内容だ。

新堂は「いいワインだね」と言って慣れた手つきでワインの栓を抜き、康一は小皿とカトラリーを並べながら「なかなかの品揃えだ」と料理を見て唸る。

誰も、「これはやりすぎなのでは？」と突っ込まない。行楽弁当というものに正解はない。だから何をしてもいいのだ。

ゴージャスなのは何も雪人たちのテーブルだけじゃない。他にもポツポツと、自分たちの世界に入りきってランチを楽しんでいる家族やカップルがいる。

遊園地にはレストランも併設されていて、半分ぐらいの来客はそっちに流れた。

ニコニコと微笑む倫のコップにジュースを注ぎながら、雪人は心の中で「やりきった者の勝ち」と言った。

そもそも雪人以外の「家来たち」は育った環境がゴージャスなので、むしろこういうランチの方が当たり前だと思っているふしがある。だから、平然としていられる。

「庶民ですが頑張りました」

笑顔で胸を張る雪人に、康一が笑いながら声をかけた。

「私は弁当がない場合のことを考えて、行きつけのレストランからランチをデリバリーしようと思ってたんですよ？」

「もちろん、シェフも呼ぶんでしょう？　桜崎（さくらざき）さん。うちはパーティーで何度かシェフを呼びました。母が凝り性でね」

新堂がグラスにワインを注ぎながら話に加わる。

「俺は家にシェフを呼んだことはないな。今度呼んでみるか」

ゴージャス怖い。

雪人はおにぎりやサンドウィッチの入った重箱をクロスの上に並べて、ため息をつく。

通りすがりの家族連れやカップルたちが「うわー、スゴイ」「どこかの偉い人？」と囁きながら、ゴージャスな行楽弁当をチラチラ見ている。中にはこっそりと写真に収める者もいた。

「さあ、召し上がれ」

雪人の合図に、倫が「いただきますっ！」と元気よく言ってフォークで海老フライを突き刺した。

「さすがですね。ワインと相性のいい総菜と、子供の好きな総菜が見事にマッチしている。いいですね、雪人さん」

康一はワイングラスを傾けながら、雪人を称賛した。

充は冷ややかな表情で康一を睨み、新堂は「大人げないね」と充を笑った。

「子供の好きなものは大体弁当の中身と同じですから」

「なるほど！」

「あ、康一さんから戴いたネオンテトラたちは、とても元気ですよ。ところで、水槽に一緒に海老を入れても食べられたりしませんかね？」

雪人は充をこれ以上怒らせないよう、さっさと話題を変える。

「大丈夫です。むしろ小さいものを何匹か入れてあげるといい。水槽の掃除をしてくれますよ。あと可愛いです」

「僕、エビも大好きだよっ！　ゆきちゃん、今度エビを買ってきてね」

海老フライを食べながらの倫に、雪人は食用海老と観賞海老のどちらを買えばいいのか、

一瞬迷った。

「なら、一緒に買いに行くか？」

「行く。イルカも欲しい」

ちびっ子の無邪気なリクエストに、大人たちは口元をほころばせる。

「午後からどうしましょうか？　倫が乗れるものは限られるし」

雪人は鶏の唐揚げを口に入れながら園内の地図を確認する。

見ているだけで心がウキウキする地図は、アトラクションのところどころに「おこさまにオススメ」マークがあった。

「メリーゴーラウンドとか？　二人乗りならゴーカートも大丈夫じゃないかな。あとはお化け屋敷。あ、だめだ。ここの遊園地のお化け屋敷は徒歩で、信じられないほど怖いと雑誌に紹介されてました」

康一はそう言うと、ツナペーストとオリーブの輪切りが載ったクラッカーを食べ「これはワインに合う」と呟く。

「個人的には入ってみたいが、おススメされてないね。あ……巨大迷路があるじゃないか。これは結構面白そうだ」

園内地図を開いた新堂は、敷地内の一角を占める巨大迷路を指さした。

「ではそれにしましょう」

「ゆきちゃん、僕……早くおっきくなりたいよー。そして一人でいっぱい乗り物に乗りたい。凄くくやしい」

「お前が大きくなったら、抱っこができなくなるな」

「へーき。そのときは僕がゆきちゃんを抱っこしてあげる」

倫は自信満々に言うが、よせばいいのに充が口をはさむ。

「雪人を抱っこしていいのは俺だけだぞ、倫」

「ないしょで抱っこするから大丈夫」

天使の笑みを浮かべる倫。

どこまでが無邪気な発言なのだろう。

心の汚れた大人たちは判断に苦しみ、無言でワインを飲んだ。

「おーおー、倫君もずいぶん重くなったね」

新堂は熟睡している倫を抱いてベンチに腰を下ろし、感慨深げに呟いた。

ゴージャスな昼食を終えたあと、ムキになった倫は自分が乗れる「おススメ」された乗り物に片っ端から乗って、メリーゴーラウンドに向かう途中、雪人の脚にしがみついていきなり寝てしまったのだ。

「これくらいの年の子供は毎日成長しますから。数人がかりで抱きつかれると、こっちがよろめきます」

康一の保育士らしい言葉に、新堂は「なるほど」と頷く。

「康一先生はいいお父さんになりそうですね」

「ははは……その前に結婚相手を探さないと。……新堂さんこそどうなんですか？　お相手は？」

康一は新堂にサックリと突っ込みを入れた。

「まあそれなりに。一度きりの人生ですから楽しく生きていきましょう。いつかあなたを好きだと言ってくれる人がきっと現れますよ」

「新堂さん……っ！　私頑張ります……っ」

「やっと大人しくなったパンダなんだから、新堂さんは煽らないでくれ」

そう言う充に、康一が「そりゃもう素晴らしい恋人を見つけますから！」と大声を出す。

「康一先生声が大きいです！」

雪人の声も大きかった。

その声に、帰路についていた人々がびっくり顔で振り返る。ついでに倫まで目を覚ましてしまった。

「ふえ……っ……おかあさん……っ」

新堂の腕の中でむずかる彼を、当然のように充が引き取って抱き締める。

「よしよし。怖くない、怖くない」

「んー……おかあさんあったかい」

倫は充の胸に顔を押しつけ、ギュッと彼にしがみついた。

「おかあさん……か」

倫の甘ったれた声を聞いた雪人は泣きそうになる。

いなくなってしまった人を取り戻すことはできないが、充と二人で彼の支えになりたい。

「俺は……充さんと再会できて本当によかった。好きなんだと再確認できて、本当によかったと思います」

充が倫を左手に抱えたまま、右手を伸ばして雪人を抱き締める。

「愛してる」

「はい。俺も」

「俺たち二人で、倫を立派な大人に育てる。いいな？」

「はい」

夕焼けの中、二人は強く抱き締め合った。

誰も彼らを引き離すことはできない。

通りすがりの人たちなど「結婚？」「プロポーズみたい」「おめでとう！」といい方向に勘違いして手を叩いてくれた。

「はっ！　すいませんっ！　俺、何やってんでしょうねっ！」

先に我に返った雪人は強引に充から離れると、両手で顔を擦りながら大げさに笑う。

「ヤバイですよねー、康一さんっ！　……あれ？　どうしたんですか？　具合でも……」

雪人は、その場に蹲って指で地面に「の」の字を書いている康一に声をかけた。

彼は「恋人、うらやましい……」とブツブツ言っている。

「体の具合じゃなくて、心の具合が悪くなったんでしょうよ。君たちの、その、感動的な抱擁を目の当たりにして」

笑顔で肩を竦める新堂に、康一が「私だっていつの日か」と言い返した。

「公衆の面前で愛を誓えるぐらいの相手を見つけろ。俺は小学生のときに見つけた」

「そんなことを言っても、充さんじゃないんですから……」

雪人が困り顔でザクッと突っ込む。

「はいはい、もういいよ。愛を深めたところで、そろそろ帰ろう」

「私は何も深めてません。恋人が欲しいです……」

「桜崎さん。……ほらいつまでもいじけていないで、明日に向かって頑張りましょう」

新堂は糸目をますます細くして微笑むと、その場を仕切った。

「僕、いっぱいねちゃったねー。きょーちゃんと康一せんせえは？」

帰宅してソファの上に寝かされた途端に目を覚ました倫は、充の頬を両手でぺちぺちと叩きながら尋ねた。

「二人とも帰った。倫によろしくだと」

「そっかー。さようならできなかった」

「仕方がない。何か飲むか？」

「いらない。それより僕ね、すっごいゆめを見たよっ！」

倫は充を掴んで起き上がると、瞳を輝かせる。

空の重箱やグラスをキッチンシンクに入れていた雪人も、「何かあったのか？」と不思議そうな顔でリビングに戻ってきた。

「どんな夢だ？　言ってみろ」

「あのね、ゆきちゃんとけっこんするゆめっ！」

リビングに響き渡る、可愛らしい声。

雪人は笑みを浮かべたまま体を強ばらせ、充の顔は能面のように表情がなくなった。

静まり返ったリビングで、隅に置かれた水槽だけが、小さな作動音を出している。

「あ、あのな……倫」

「僕ね、おっきくなったら、ゆきちゃんとけっこんするっ！　そんで、いっぱい楽をさせてあげるのっ！　いたわるのっ！」

雪人はフローリングの床にガックリと膝を突き、「いたわると言われた」といろんな意味で目頭を熱くする。

「倫。雪人は俺のもの。俺の大事な初恋様だ」

「でーもー、ラブは一生つづかないって康一せんせえが言ってた。だから、僕がおっきくなるまで、みっちゃんとゆきちゃんはラブラブね。そのあとは、僕とゆきちゃんがラブラブになるっ！」

「あの保育士め。今度会ったら絶対に殺す。いたいけな園児に何を教えてやがる」

充は冷ややかな声で言い、雪人に「それはやめろ」と釘を刺される。

「……倫。倫が大人になったら、雪人はオヤジだ。お前と雪人は二十一歳も年が離れてる。お前が十七歳になれば、雪人は三十八歳だ。オヤジという年齢だ」

「………オヤジってよく分かんないけど、なんで僕は十七さいなの？」

「一番ウキウキする年頃だからだ」

「ふーん。……でも僕、なんさいのゆきちゃんでも大好きだよ？」

慕ってくれるのは嬉しい。だが、こういう慕い方は勘弁してくれ。

雪人はもう、何を言っていいのか分からない。

だが、ヘタをすると倫とライバル関係になってしまうかもしれない充は、真剣な顔で倫を諭そうと努力する。

「倫には、雪人以外で好きになる相手が現れる。必ずだ」

「そんなの……ヤダ。僕はゆきちゃんがいいっ！」

「『おとうさん』の言うことを聞きなさい」

充は倫の頬を両手で掴み、低いがよく通る声を出した。

「みっちゃんがおとうさん？　ほんとうのおとうさんになってくれるの？」

「そうなると今決めた。困るか？」

「嬉しいにきまってる！　僕のおとうさんがみっちゃんなんてさいこうだよ！　でもねー……」

倫は、床に座り込んでいる雪人にチラチラと視線を移して、まだ何か言いたげな表情を浮かべる。

「今の話は、取りあえず保留だ。十年待て。十年後に、まだお前が雪人と結婚したいと思っていたら、そのとき話し合いをする」

「りょ、りょーかい」

充の真剣な表情に気おされ、倫はぎこちなく頷いた。


思わぬ伏兵に、保護者はどっと疲れが出た。

彼らは仲良く倫を寝かしつけたあと、リビングのソファにだらしなく腰を下ろし、魂が抜け出てしまいそうな長く深いため息をつく。

「いいのかよ。あんなこと言っちゃって……」

「相手はちびっ子。三日もすれば忘れる」

「充さんは忘れなかった」

雪人の何げない一言に、充は目を丸くして愕然とした。

そして「その通り」と力強く頷いてから、「でも倫は別」と訂正する。

「どうしよう雪人。十年後、俺は倫に『俺、雪人が好きだ。愛してる。だからみっちゃんはうちから出ていってくれ』と言われるかもしれない」

「真面目に悩むことですか？」

「よく考えてみろ。今でさえあれだけ可愛らしいんだ。十四歳の倫はとんでもない美少年になっているはず」

「それは認めます」

「雪人も雪人で『同じ美形なら、若い子の方がいい』と、倫に乗り換えたら……」

このおバカさん。

雪人は眉間に皺を寄せて、はあとわざと大きなため息をついた。

「なんだそれは」

「倫と何をどうするってんだ？　このバカ。ウルトラバカっ！」

素の口調が出た。でも取り繕う必要はないだろう。

「今の言葉を翻訳すると『俺は充だけを愛してるんだから、余計な心配をするな』ということか」

「う……」

言い返したいが返せない。

雪人はカッと頬を染めてそっぽを向いた。

充はふわりと微笑んで、雪人の隣に席を移動する。

「ずっと想い続けて、やっと約束を守ったんだ。もう二度と離さない」

「分かってるなら……狼狽えたりするな。バカ」

雪人は充の肩に頭を乗せて唇を尖らせた。

「そのちょっと素っ気ない口調も、なかなかいいな。新鮮」

「偉そうに」

「照れるな。嬉しいくせに」

口調は図々しくて偉そうだが、それがなんとも充らしい。

「本当に……一生俺を愛せよ？　手は抜くな」

「俺を誰だと思ってる？　俺だぞ？」

「分かってる。だから、その、俺を一生、充さんのモフモフにしてくれ」

モフはないけどでも、心の中に。

充は「可愛い」と笑いながら、雪人をソファに優しく押し倒した。

あ。その顔は「みっちゃん」だ。俺がいつも守ってやっていた「みっちゃん」の顔だ。
幼い頃のたわいもない約束が、こんな形で実現するとは雪人は思っていなかった。

END

ラブアンドスイーツ

休暇を堪能中の充は、もうすぐ帰宅する甥の倫のためにおやつを作っていた。
レシピをネットで検索して材料を把握してから、キッチンに向かう。
「さすがは雪人。材料の不足がない」
気まぐれでキッチンに入る自分と違って、雪人は「自分の領域」の管理に余念がない。
充は自分の恋人に感謝しながら作業台に材料を並べた。
『ふわふわホットケーキ』を作るとして……ソースは子供用と大人用で変えておくか」
ソースならレシピを見なくてもどうにかできる。
充は心の中で「俺ならばこんなことは造作もない」呟いて、まずは丁寧に手を洗った。

ドアを開けた途端に、倫が「ただいまっ！　美味しい匂いがする！」とはしゃいだ。

「もしかして、充さんが倫のためにおやつを作ってくれたのかもな」

「ほんと？　嬉しいな！　みっちゃーん！　おやつー！」

すぐにでも駆け出したいのを堪え、靴を脱いでしっかり揃えてから大きな声を出した倫に、雪人は「よし、お行儀がいいぞ」と何度も頷く。

「おかえり。おやつはもうすぐできるから、まずは着替えて手洗いだ」

玄関に顔を出した充が自信満々に腰に手を当て、笑顔で言った。

「はーい！」

時間はかかるが、倫は園服のボタンやシャツのボタンをちゃんと外せるし、着替えも一人でできる。

今までできなかったのに、ある日突然できるようになったりするのが子供なんだなと、雪人は倫の成長に驚き喜んだ。

ちなみに充は、大きなモフ耳をピンと立てた後にちょっと涙ぐんでいた。

「おかえり雪人。倫は他の園児たちと仲良くやっているようか？」

「それは問題ないです。というか、今日はお友だちの誕生パーティーに呼ばれました。こんな可愛い招待状までもらった」

雪人は斜めがけしたバッグの中から、一通の手紙をとり出す。

リビングに行ってからとも思ったが、忘れないうちにと玄関先で手渡した。

「一生懸命作った手作り感がいい」

そんな感想を言いながら中を開いた充が、招待状を見て「来月なら大丈夫だな。しかし保護者同伴か！」と立派な尻尾を振った。

幼稚園児なのだからそりゃそうだろう。何を喜んでいるのやら、この人は。

雪人は、揺れ続ける充の尻尾を見ながらそんなことを思って笑う。

「プレゼントはどうしようか？　相手は女の子だから……」

「その必要はない。こちらは招待された側だ。一般のパーティーと同じと考えろ」

「はあ…………ああ、そっか！　そうだったな！　うんわかった」

誕生日プレゼントでマウント合戦が始まらないとも限らない。幼稚園からのお知らせメールにも、「お友だちを誕生会に誘うのはいいが、プレゼントの受け渡しはＮＧ」と書いてあった。

雪人はそれを思い出して安堵する。

「充さんはちゃんと覚えていて凄いな」

「え？　あ、ああ。まあ、倫のことだからな。……それよりも、むしろ俺は父兄同伴に燃えている。一緒に参加するぞ雪人」

「は？」

「もう決めた。楽しみだな誕生会」

「……幼稚園の送迎のときみたいに、和気藹々とした雰囲気なら、まあ、そうですね。俺はあなたのパートナーですから」

言ってから顔が熱くなる。

まだ、自分の口から「パートナー」というのは照れくさかった。

「雪人。なんて可愛いことを……っ！」

充が感動の深さを表すように尻尾を激しく振るのが見える。

そのとき。

何やら焦げ臭い匂いが漂ってきた。

じっくり低温で焼いていたはずの「ふわふわホットケーキ」が、無残な姿になってしまった。

「これは……焦げたところを取ってしまえばどうにか……」

「だめだ雪人。焦げ臭さが残っている。これは失敗だ」

フライパンを三つ使った三人分の失敗作を前に、充が首を左右に振る。

ようやく着替えた倫は、この惨状に声も出ない。

無言でキッチンに立ち尽くし、力なく尻尾を垂らした充と倫を横に、雪人は一番端に置かれていたミルクパンを覗き込んだ。

中には洋梨のコンポートがあった。

艶やかで形も崩れておらずとても旨そうだ。

「それは、ホットケーキに添えるソースにしようと思っていた」

「なるほど。生クリームはありますか？」

「ああ。まだ泡立てていない」

倫が「僕は、あと三分でおやつを食べたいです」と、その場で足踏みをする。

「なんで三分なんだ？」

充が冷蔵庫を開けながら聞くと、倫は「カップ麺！」と元気に答えた。

「一度食べてみたい気持ち！」と付け足して自分の尻尾を両手で掴んだので、雪人と充は思わず噴き出した。

「絶対に食べるなと我慢させるものでもないし、そのうち試してみようか」

倫は「やった！」と両手を挙げ、雪人は「園児だし、まあ試す程度なら」と頷く。

「カップ麺とは別に、三分をクリアできるおやつがあるぞ」

「ゆきちゃん！　ほんと？　食べます！」

「クレープを焼く。いろんなものを挟んで食べよう」

雪人はそう言って、フライパンを手際よく片付けた。

本当は、クレープ液は少し休ませた方がいいんだけど。

それでも雪人は、手際よく淡々とクレープを焼いていく。

倫が食べやすいだろう少し小さめのクレープを数枚焼いたところで、充がダイニングテーブルに乗せる。

テーブルには、充が用意した生クリーム、刻んだ洋梨のコンポート、苺ジャム、スライスチーズ、ハム、レタス、マヨネーズが並んでいる。

「さあ倫、好きなものを包んで食べていいぞ」

「なんか凄いね、三分おやつ……。いただきます」

倫は真剣な顔で、まずは洋梨のコンポートをスプーンで掬ってクレープの上にそっと載せる。その次は生クリーム。慎重に包んで、まずは一口食べた。

「美味しい！　凄く美味しい！　みんなで食べよう！」

耳をピンと立て、口の周りに生クリームをつけて喜ぶ倫に、「みんなで食べるぞ」と雪人が新たなクレープを焼いて持って来た。

「充さんもどうぞ。食事系のクレープも旨いと思う」

クレープ売り場はいつも女性がいっぱいだったので、なんとなく恥ずかしくて買ったことはないが、メニューの写真はいつもチェックしていた。

その中にハムやツナを使った軽食系のクレープもあったのだ。具材としてあった納豆を使う勇気はなかったが、ハムならば味はなんとなく想像が付く。

「クレープなんて、ずいぶん久しぶりだ。最後に食べたのは高校生の頃か……？」

「え？　クレープの店って女子いっぱいですよね？　男子高校生には恥ずかしい気が」

「いや別に。食べたかったから」

ああそうだった。この人は美しきオオカミモフだ。何事も臆せずに思うがまま行動していたのだろう。

高校生の頃の充を想像しながら、「高校生の充さんかあ」と想いが声に出た。

「さすがにあの頃の制服は着られないが、写真なら見せてやる」

「是非。絶対に綺麗で格好いいモフに違いない」

「今の俺の方が美しく格好いいが？　そんな未熟な頃の自分に憧れても困る」

倫は無我夢中でおやつを食べていて彼らの会話など耳に入らない。

「充さん」

「なんだ」

「自分に嫉妬してどうするんですか。俺は、その、充さんのことならなんでも知りたいから、昔の写真が見たい、だけです……っ」

そしてこんな恥ずかしいことを言わせないでくれ……っ！

雪人は視線を逸らして「クレープ美味しいですね」と話題を逸らす。

「雪人」

「充さんも早く食べましょう。倫と同じ牛乳じゃなく、コーヒーにしますか？」

「俺も雪人の高校生の頃の写真を見たい」

「……その頃の俺は、地味でたいしたことないです」

「そういうのは、俺が判断する。そしていつの時代も雪人は俺の愛する雪人だ。かっこいいゆきちゃんだ……！」

ぐっと身を乗り出した充の横で、倫が「凄く美味しかった！　お腹いっぱい！　ゆきちゃんありがとう！　僕は歯を磨いてきます」と笑顔で席を立つ。

「う、うん。歯を磨くのはいいことだ」

「一人で磨けるから、あとでチェックしてね？　ゆきちゃん。あとみっちゃんはちょっとうるさい。ラブラブうるさいのはダメなんだよ？」

倫は、言いたいことを言ってスタスタとダイニングを後にした。

「雪人、俺はそんなにうるさいか？」

「二人きりのときなら問題ないです。俺も子供がいる前で愛のセリフを言われても、反応に困ります」

「二人きり……」

「はい。俺の大好きな充さんは、ホットケーキ作りを失敗すると信じられないほど尻尾が垂れ下がるのが可愛いとか、二人きりなら堂々と言えます」

「あーもーっ！　くっそ可愛いっ！　言葉使いが悪いのは気にするな！　可愛いぞ雪人！　もっと言え。リクエストする！」

「え？　そう言われると……。こういうものは、わざわざ考えていうことじゃないし。でも俺におねだりする充さんは可愛いと思う」

「ふは……！」

充が両手で拳を握りしめ「幸せ」と言った。

「俺だって幸せです。みっちゃんと再会できたからこその、幸せです。一生分の運を使ったかも」

冗談交じりにそう言ったら、充が「そうしたら今度は俺の運を半分こしよう」と真面目な顔で言ったので、雪人はますます幸せな気持ちになった。

END

あとがき

こんにちは、高月まつりです。

今回も楽しく書かせていただきました。しかもモフだ。モフモフだ。

攻めの充さんのモフ尻尾に私も触りたいです。

凜君の尻尾もきっと可愛いです。子供オオカミの尻尾……たまらない!

一般の雪人君は、そんなモフモフに包まれて毎日暮らしてるんですよ。換毛期なんか掃除が大変だろうな……とこっそりと思いながら書いてました。


そして、イラストを描いてくださった、みずかねりょう先生!

充さんが格好良くて、凜君が最高に可愛くて(子供オオカミですよ!)、そんな二人の傍にいる雪人が格好よくて最高です。
　イラストを見るたびにニヤニヤが止まりません。本当にありがとうございました！

　この「モフ」という人々がいる世界の話は、設定ができているとどんなお話のベースにもなるので、いろんな世界のモフや一般の人々の話をちょろちょろ書いていければいいなと思ってます。こそっと、他者様でもモフの話を書いております。
　オオカミモフはとても好きなのですが、個人的に今回の話に出てきた狐モフの新堂店長が好きです。きっと真剣なときにしか目を開かない、そんな糸目キャラです。

「モフ」と「一般」の恋の話でしたが、世界は将来的にそのうち一般が減っていって、むしろ希少な人種になってしまうんではないだろうかと思ったりもしました。

それはそれで萌えます。
希少な「一般」と大勢いる「モブ」の話ですよ。いい。すごくいい。
……と、妄想を語ってしまいました。

それでは。
次回作でもお会いできれば幸いです。

プリズム文庫をお買い上げいただきまして
ありがとうございました。
この本を読んでのご意見・ご感想を
お待ちしております!

【ファンレターのあて先】
〒153-0051 東京都目黒区上目黒1-18-6 NMビル
(株) オークラ出版 プリズム文庫編集部
『髙月まつり先生』『みずかねりょう先生』係

俺様社長のもふもふになりたい!

2022年03月30日 初版発行

著 者 髙月まつり

発行人 長嶋うつぎ
発 行 株式会社オークラ出版
〒153-0051 東京都目黒区上目黒1-18-6 NMビル
営 業 TEL:03-3792-2411 FAX:03-3793-7048
編 集 TEL:03-3793-6756 FAX:03-5722-7626
郵便振替 00170-7-581612(加入者名:オークランド)
印 刷 中央精版印刷株式会社

 ISBN978-4-7755-2982-9